KB132350

독한 연애
김윤이 시집

문학동네시인선 067 김윤이

독한 연애

시인의 말

누구나 자신과 타인의 부재를 존재의 상태로 전환시키는 연인의 형상을 꿈꾼다. 나 역시도 이런 사랑의 자장에 놓여 있음은 물론이다. 이 얼마나 천문학적 넓이의 규모를 가지는 아리땁되 ……무섭고 슬픈 말인가. 사랑의 ……존재.

나는 이제 만인에게 사랑받는 연인을 원하지 않는다. 상처만이 상처를 주는 것이 아니라, 사랑의 한 방식이 더 큰 상처를 줄 수 있기 때문이다. 시간이 지남에 따라 큰 사랑을 품은 사람은 점차 작은 사랑이 아닌 곳에, 그리고 사랑의 일부는 더더욱 아닌 곳에 살게 되며, 이것이 나로선 매우 견디기 어렵고…… 그러함으로 너무 큰 것 안에는 정작 사소하고 작은 사랑의 일이 설자리가 없음을 알기 때문이다.

그러나 나는 옳게 알고 있는가. 혼돈스런 사랑의 본성에 대해 단언할 권리도 정녕 있는 것인가.

소유했던 오랜 서적을 처분하고 생일날 이사를 했다. 시도. 그 곁의 섬에 산다. 그럼에도 바다로 나가지 않고 있다. 여기를 떠나기 전, 하루면 족하다고. 그날은 조밀하고 간격 좁은 물길 아닌 가닥수를 변형시켜 직조한 너른 바닷길, 나의 지형학적 바다를 보겠다고. 반짝대는 환영의 영상을 기어코 분에 넘치게 담겠다며 그날을 기다린다. 아직은 쓸쓸한 바닷길, 하늘길이다. 낯섦으로 뒤바뀐 밤낮이 오간다.

격앙된 숨결로 말하는, 권리. 그것의 삶을 붙잡다. 머묾과 떠남에 존재하는 초점 같은 순간과 지나침. 쌓이면서 함

축되는 생. 연명한다는 것. 오히려 그리하여 눈부신 생애. 나의 생에 정면승부를 건다. "인생도 사랑도 제가 책임져요. 일도 찾고 공부도 하겠어요……!!" 이 말은 '그녀'(Die Fremde, 2010)에게서 주워섬긴 말이지만, 쓰는 순간 그 결정은 내 결심으로 자리하였다. 인습과 기성화된 현실이라는 지배 체제 그 거대한 괴물 앞에 선 이방인, 나의 우마이. 그녀가 떠날 때다. 노예의 금기를 범하듯 생각보다 위험한 양극단의 가능성 위에서 새로운 인생을 살 수 있을까. 때로 무지한 듯 막막함이 밀려든다. 아르테미스와 아테나 사이, 비추는 것이 저 스스로 발광체라는 이성이 되어야 한다. 극명한 용단이 필요한 시점이다. 섬김이 섬광이 되는 그런 변이의 과정으로 끝남으로써……

네가 내 시를 받아볼 그즈음 네가 알던 곳은 말소된 장소일 것이다. 한동안 고스란히 바닷가 폭설에 갇혀 겨울을 날 것이다. 섬에서 근린의 뭍으로 가기 전. 그렇게 바람, 구름, 나의 시도. 그마저도. 그 무엇에 비길 만한 것이 없는 사랑도 미완인 채 아직은 비켜섬으로 간다.

어느 날 시간이 호된 질책처럼 나에게 한데 임박했고, 여지없이 사랑을 잃은 인생으로 내몰았듯이 다신 못 가볼 그 길을 불현 무상으로 돌려주려는 생, 그 둥긂의 형상들. 이젠 개인적 부채였던 몇몇 그녀와 그의 이야기를 돌려드린다.

지순하고 아름다운 사랑이 대체 어딨는 거냐, 함부로 부정하며 나를 단념에 포함시킬수록 불가능한 영원과 불가피한 사랑의 형상에 대해 쓰고 싶었음을. 현재 사랑에 대한 좌절과 우수로 심하게 손상되었음에도 사랑과의 다툼에선 여전히 역부족임을 느끼며 바다로 흘러가는 큰 배들을 날마다 바라본다. 그렇게 떠나고 머묾에 존재하는 영혼들. 조용히 자신을 드러내는 흰 것들. 황해로 뻗어가는 물길이 전신으로 파묻진다.

두 발로 설 수 있는 곳의 끝. 땅끝이다. 끝…… 이유 없이 찾아오는 것이 사랑의 시작이지만, 끝은 언제나 그렇듯이 조건짓고 이유를 동반한다. 그럼에도 공간의 차별성이 무화된 상태로 늘 가까이 있는 섬광—신성한 눈부심이 오늘도 표나게 두드러진다.

차례에 있어 맨 끝인 꼴찌인 양 일부러 표현에 지각인, 내 생에 호흡을 맞춰준 당신께. 내가 사라져도 영속성으로 살아 있을 섬, 격랑으로 부서진 사랑에 머물러 쓴다.

용서해달라. 모든 사건이 시작된 시간이자 끝인 공간에서 하양을 보며 내가 잊겠다. 섬약하고 고결한 흐름. 대낮에도 옷을 벗는 어리디어린 순결이고 싶었고.

문학은 내 사랑의 직무였다. 나는. 있겠다.

책이 나오기까지 맘 써주신 선생님들께 그리고 나의 언니
와 동생에게 고마움을 전한다.

애닯던 그해 늦여름 먼저 씀
김윤이

차례

3부 개인적 고독

일러두기
본문 한글맞춤법의 경우 저자의 표현 의도에 따라 시편마다 달리한
경우가 있음을 알려드립니다.

1부

내가 어떻게 너에게로 가는가

사랑에 대한 변론
─연인

　　　　　　　　　　　알맹이를 감싼 밀감의 껍질처럼
　　　　　　　　　　갓 쌓인 눈냄새가 우리를 덮어썼다 살며시
　　　　　　　　그 차이의 질감이 매혹적이었다, 라면 잘못된 걸까
　　　　　　너무나 달콤해서 연인 외엔 모르는 안온한 빛과 설향
　　　　　　　　내 혀와 이가 맞닿자 서로가 긴밀해졌다

아, 세상이 높직한 하늘 밑 온통 떨고
아잇적 보드득 밟아본 티끌 없는 흰 것만치
더러 낙차 크게 내 가슴가로 빠지는, 눈발들 보네
맞붙는 몫만이 내 것이라는 이중창에 곤두선 귀로 붙잡
혀 있네
단번에 내 세상을 흔들고도 유리창은 물끄러미 바라만 보네
그가 몹시 좋아, 나로 하여금 일생이 거두어지기만을 갈
망하라고
멸하여지는 눈이 내 사랑만 같아서
외듯 내 입술에서 건져올리는 혼잣말 하나씩은 네 입술,
하나씩은 네 콧망울, 사랑의 넝마주이, 한데 포갠 둘씩은 눈
빛 묻은 이 미치광이 눈발들아……

흩날리는 흰 선에 몸 묶여온 내게, 보다 진눈깨비인
특히나 희어지려 사랑의 백문을 묻는 날
본 척 않고 외마디대답 않는 눈이여

돌아올 수 없는 일별로, 아무렇게나 헝클어진 시야와 옷 ─
매무시

　이틀 허기가 져 살얼음 낀 정경에서 굴정과 내가 났네

　나 혼자 헤쳐나오지 못해 어느덧 유리에서의 갇혀짐, 이
빛의 술렁임, 그리하여 열에 떠 펄얼펄펄펄━━━

　예나 이제나 강단 없이 더 얼마를 추워 떨려

　내가 가진 숨마저 너 있는 겨울로 들어가버리겠네

　자신의 윤곽을 무너뜨리며

　서로의 살 속으로 파고들어가

유하*

여름은 잠가도 잠가놓아도 누수였습니다
관(管)이었는지 줄창 빗소리
밤늦게 비는 전국으로 확대될 요란한 비였습니다
틈입할 여유를 주지 않을 때 다를 게 뭐랴 마음이 비어서
고로 나는 비를 그만 단수시켰습니다
사랑도 이별도 제대로 관둔 적 없었으므로

달 전에는 유례가 없었던 뭔지 모를 일입니다
이승은 불시에 가물고 그대, 내가 올려다보던 눈길로 그
늘마저 환합니다
아침먼지 낀 채광창인 양 눈가를 비비면 수그러진 유향나
무로 그대가 웃습니다
마침 이파리 조용조용 웃습니다
날이 부셔 눈물 핑 돌 지경입니다
매화, 백동백, 산수유, 왕대숲 사부작대는 스무여 개의 은
유로만
봄뜨락을 들여앉힌 거였습니다
완벽한 신뢰란 지뢰의 뇌관을 밟고 있는 법이었기에 불
식간 뻥,
꽃의 포효로 터져버릴 환상
그 위험천만함을 원해 눈을 감고도 싶었습니다
그와 뼈를 묻고 싶던 집, 낭만적 망명 거기 더 머물러도
좋았으련만

빵꾸난 하늘 밑 꽃이 다 진 날
지상은 사뭇 달랐습니다
흰 팔다리처럼 매달렸던 것들이 나무에서 부득불 떨어져
내렸습니다
봄날은 지척이면서 천리만리 못 가볼 뒤안길이어서
그저 지난날들에게 안부 전하고 싶었습니다
휘청거리는 하오
짧은 절망과도 같은 뇌성이 치고 하우중(夏雨中)이었습
니다

* 유하(維夏): 여름의 시작. 음력 4월을 달리 부르는 말.

스란

제자리에 빛을 물어다 실에 꿰어 구멍정 떴습니다
당신 사라지고 몇 밤 자고 난 뒤같이
안쪽으로 깊어졌네요 한풀 꺾인 계절 마루, 이별 잦은 시
절에서
채곡채곡 파고들어온 가슴팍 금사자수 무늬들
마음 몰아쳐 하늘 푼 어엿한 군락새 내 것이고요
한량없는 날갯짓도 내 것이네요

온 지상의 돌덩이 깨뜨려 떼놓아도 돌멩이
돌멩이 깨뜨려 떼놓아도 조약돌

인부들 다정 쪼을 거야 나는 못 품어 물 끼적이며 수놓
겠지
생물의 소란 전연 없이도 막새 들이고 불붙는 금실 완성
되느라 몸에 정 들이겠지
심정 한가운데 봄, 봄, 한수(寒水) 앞의 새가 재촉하여 새
파란 하늘이겠지

새가 아길 물고 온다는 이야기가 반복될 거야
금족령 내린 계절에선 만상이 놓여날 수가 없는 거야
봄빛으로부터 눈길 거둘 때까지
초록빛 깨뜨려 초록빛 원소

세상은 내 앞에 주위에 언제나 넘치는 거야
애석만 기꺼이 내 것일 거야
핏빛 단 쇠붙이로 밝아오는 태양
금침인 듯 찰나로 터져오는 햇빛,
그걸 나는 빗장뼈에 하염없이 들이려

연목

연목이라 칭해야지
나무에 인연하여 물고기를 구한단 식으로
양달진 숲가 햇빛을 돌아치는 너른 나뭇잎, 고, 이파리가
지느러미라고 나 떠들었어요
회상컨대, 후후— 당신은 허점을 눈감아주겠단 뜻으로
데이트에서 슬쩍 눈떴다 감았고요
토 달게요, 봐요, 나무의 폐활량이 만 리터 족히 넘어 온
갖 연둣빛 빨리고 뿜어나와요
공중 뚫은 나뭇가지, 고것이 만든 숨구멍 없었다면 당신
은 익사했을지도
당신 쪽으로만 그리움을 밀어올리는 굴성
그간 여럿에게 따돌림당한 난 당신과 동향으로 개울 딸린
숲골에서 성장한 듯 떠들었네요
저 가지 수분을 빨아먹고 출렁출렁 흔들리는 반짝임
변화무쌍 비늘이 이같이도 따라붙는 공중으로 나도 모를
본심이 들떠 뒤따랐네요

사오월 철따라 수목을 꽃피게
대낮이건 없는 애정 각별도 한 희대의 스캔들
불사르듯 몸 부대낀 봄철에 한창 살갗 빨긋한 연목어
물의 환(幻)이 환히 보일 때 가차없이 썩 동강 않고
나무에 연연해 육십갑자 살아내면 누가 날 어여삐 봐줄
는지요

모양새 꽃시듦과 같이 볼품없고 입성 허름하여 만 배 의
미 아닌, 늙어 가엾은 여자 이럴까요
  이러한 현실의 걱정이 수효를 늘려가 더러는 남 속인 실
속 챙겨가다가
  환(幻) 같은 건 종잡을 수 없는 속임수,
  제때 현실을 따라가느라 바빴다,
  머잖아 불가피하게 피치 못할 지난날이었다 할까요
  하도나 몸이 달아 냉수로 회향하는 다급한 열목어
  자연을 낳고 기를 현장에 이렇게나 내가 빠져든 애길 채
근 없이 흘렸건만
  어안이 벙벙한 채 당신이 나 몰라라, 할 요량이면
  나는 화나 있고 얼굴 확 붉히며 따지고 지천으로 깔린 꽃
향내 사무쳐와
  총동원된 꼴사나움 쪽으로 떼어내질지 모르네요
  빛과 대기를 떼어내어 한겨울도 왕대숲이 길게 동구 밖 세
상까지 이어진 곳에서
  미안해, 전해줘요 연목을 연모해 나무를 가꾼 나도 차별
없이
  당신 생애에 벌목당한 나무, 또한 버젓이 앗아간 생명
  틀림없이 승낙한 사망이라고

  그예 세상 떠나가라, 작은 꽃향기는 만리를 실어와서

피다, 질투의 향기

저문 하룻날인가 수만 리를 날아간 새로 당신 집 근처에 닿았네
한동네 한 골목 한 이웃으로 나아가
울바자를 타고 당신이 배웅하는 오얏꽃 못지않은 한 여잘 보았지
빼어나게 뻗쳐올라간 흰 꽃
검고 반듯한 눈매와 검은 머릿결을 넘겨다봤지
두주불사(斗酒不辭) 그것 모양으로 취하지 않는다면서
참다참다 일배주씩 홀짝인 듯 쬐그만 날갯죽지 못 뜨는 못난 것
측은도 하였지 청산을 먹은 듯 새가 떨렸다구 광분이었어
그 미칠 광(狂) 자 그랬다구—— 씨—
바람 끝 퍼렇게 질린 새 떨다가 생의 매분 매초 뼛속까지 떨다가
꿈쩍 않는 짝사랑 삐쭉 부리가 길길래, 흰 꽃 같은 건 다 꼴 보기 싫어—— 쌍

새가슴으로도 철렁하고 성이 나서 말이야
천수천족수 이파리가 날 휩쌀 때 옳아 밝히고야 말겠다고
당신 고향집 앞 나뭇잎을 앙칼지게 뽑아놓았네
순 잡것, 곱지 못한 눈꼬리를 빼고 째질듯이 악다구니 썼건만 그러하되 그것은 새의 몸에 착지한 나였지 내가 아녔네
검은 눈알이 신경 하나 마비되어 껌뻑거렸네

바로 들키면 병신같이— 부끄러워할, 무슨 향수향을 맡
은 듯 사랑
　눈물 짜봤자 필 꽃이 핀 것뿐이었어 그렇지 않고서야
　볼썽사납게 청승맞을 수가, 누가 볼세라
　무성한 이파리 오물처럼 온 머리 덮어쓴 채 훔쳐보진 않
았을 게 아니냐고――

　일 년 삼백육십오 일 사랑에 조바심나는 사월 하순부터
　잠자는 정신이 육체의 표피를 벗고 악머구리 끓듯 그이
집 쪽으로 갔네
　다신 확인할 마음도 나지 않는다면서 한 가지의 내가, 잊
자, 잊자, 잊잔 말이다, 이골이 난 내가, 새로이 엉그는 오
얏을 쪼는, 땅이 아주 기름져서 내가 한 천년째 초목으로 선
내가, 흐드러진 꽃숭어린지 멍텅구리 새인지 연옥불인지 정
체를 간파하지 못하고
　나 하나하나가 빠짐없이 발가벗겨지는

　불신의 눈초리 부릅뜬 그것은 내가 아녔네
　한 치 앞도 내다보지 못하게 자 봐라,
　궁금하기 짝이 없으니 양보 없이 최후까지 같이할까
　점막마저 빼내갔음이 틀림없는 원래 제자리라는 쉼 없
는 삶이
　짝할 이 없는 나의 짝으로 한시도 놓지 않고 날 넘겨다봤네

바다행 주형을 뜨다

쉿, 조용! 봐봐 해가 진다
접어드는 초저녁 바다행의 전말을 말하지 않으리란 식으로
태양은 저무는 자신 밑으로 빛을 숨겼고 나는 그를 갖고
픈 충동을 숨겼네
해중림이라든가, 그 참 반짝이는 하양들 혼자만 파갖고
싶어
그를 압축해 보여주는 그이 가슴은 일렁이는 조개껍데기,
돌, 푸른 산호초여서
그때 머문 바다, 눈감아 주형 뜨면 일 밀리미터 오차도 없
이 내게 찾아드는 그였네
티 없이 깨끗한 물살이 나를 누이고 희고 맑은 조가비를
쓸고 왔네
깔끄러운 모래알갱이만큼 퉁겨대는 심장박동
내 심장이 빨리 뛰는 통에 모래 위 물고기 교제와 같이 화
르르 숨 아찔하였네

실로 내가 그 안에 살듯이
나는 마구잡이로 핀 꽃을 땄고 대오 지어 떼 지었다 바닷
새 헤어졌네
겨드랑이 미어지도록 해풍이 차자 파도의 리듬에 몸이 실
렸네
모래밭 때깔 고운 껍데기여 여태도 손톱모양 고혹을 보
이는가

지금 바다가 수평의 눈높이쯤에서 내 몸에 정렬되었다
해도
 그 마음의 외딴 바다가 있어 해는 양방향으로 하이얗게 내
리쬐고 해조음은 하프시코드 음계에서 따갑게 울렸네
 빛이 잘게 부서뜨린 석영처럼 아름답되 아주 잘아서 흘
러나갔네
 나를 헤여치 않고 헐리는 포말들, 죽은 물고기들……
 바보 같아 전혀 몰라았—어 움푹 파인 혀 기실 그 연장선
상인 해안선과 그였네
 가시내야, 한때 사람 하나 있음으로 사람 둘 있을 터였네
 백여 리 바다에 버릴 사정은 일찍이 사람에겐 펼치지 못
할 동병상련이었잖니

 이슥해서야 가시내야 잇바디에 다다라 시—윗 허공 스
쳐 분다
 허공의 조각가는 천여 번 손을 부여잡다 놓친다 하였네
 햇볕 얼마나 따가웠는지 비감이 덮쳐올지라도 한 시절 한
결같이 태양 밑에 두자꾸나
 오늘따라 첫 남잘 숨길 때처럼 엉큼해지고 싶지만
 양극을 오가는 나침반 되어 내 모래밭 사연 쪽으로 괭이
부리가 활강하네
 물이 고이는 빛바랜 톤으로 공유하고 있었네
 하나같이 달리 표현할 길 없는 순간만 감미로워, 여름 끝

— 물이었네

　주의하시라 공모한 일이다 누가 쉿, 앙다물게 하였는가
　쉬 사라지지 않는 입속말이 격렬히 파도치네 여기까지……
하자 이젠 보내렴……

　단독으로 뻗고 서 있는 여자, 두엇

실화

　필경 다른 도리 없다지만 그렇더라도 마음놓고 머물진 마요
　너는 날 능가하는 나인 너 그러니 설마라도 잊히겠냐만 나
는 산 달이 기울고 날이 남김없이 가 가을 화향 짙어지고 강
한 빛의 직사를 쬐던

　네가 자신 때문에 변한다 해도 네가 되어버린 날 그냥 너
라며 말 테죠
　가슴은 서럽게 해발 칠백 미터 화왕산 짝사랑의 불볕만 들
어 억새는 다 타
　아무래도 이제는 처절히 내가 꺾여 다른 나 이제서야 도
리 없이 영 미터 평원인 나날

　어려 한창 맨 예쁘장하고 자잘한 꽃들만 피고 희었죠
　오목한 야생풀꽃더미 밀쳐두고 히드득 웃다가 혼인흉내
도 내었죠
　너흰 어디로 갔니 토끼풀, 채송화, 씀바귀, 가시엉겅퀴야
　햐, 그 많던 희망아 사랑의 미래야 화관과 도리질과 툭 끊
긴 희망의 모가지와 내 이 나이 무엇과도 어울리지 않는 나야

　어림짐작이나 했겠어요
　난 남모를 징벌을 가졌어요 그 없이 가을날 그지없이 화
왕산억새로 내몰게 할, 날

식물성 실연(失戀)

턱없이 극채색의 유혈, 화훼시장에 가보고 있었다
너에게서 멀찌감치 떨어져 있는 나는 정말 슬프냐, 무턱
대고 물을 작정으로
상인의 물 묻은 장화를 장화의 질펀한 진흙이 싹 쓸려 들
어가는 수챗구멍을 고무호스가 씻기는 땅바닥 옴폭 팬 상
처를 보고 있었다
그때 혼잡한 내 생각 사이로
상인이 꽃 한 무더기와 천 원 거스름을 안길 때
비로소 갈빗대 층층마다에 훼손된 홈을 본 것 같았다
일없이 예식장 인근 양재꽃시장에 가보고 있었다
덤프트럭에 숨 뚝 꺾여 온 꽃대궁이 헐벗은 듯 추워 보여,
한번쯤은 정붙이고 살던 시간일진대
내 속을 떠받치면서 찌르는 꽃대를 응시하고 있었다 언
제부턴지
속 썩인 가슴을 더 찌르려고 생각은 암순응하며 구부러
지고 있었다

볼일도 없이 예식장 부근에 가 있었다
춘한이었고 하다못해 상인의 방한모라도 썼음 싶었다
잔돈을 거슬러 받다가도 번쩍 칼 빼든 겨울바람에 귀를
감쌌다 풀면
숨이 차 가느다랗게 휘이이이 쫓다가 게, 서라!
세상 먼발치서부터 때 아닌 봄은 귀환하고 있었다

알뿌리꽃처럼 오므라들어 완강한 주먹,
호오 입김이 하얘져서 뿌리내리고
섣불리 따뜻한 계절을 알리는 신호탄인 양 살갗이 까지고
손가락이 쩍쩍 벌어졌다
겨우 두 송이 꽃피웠다
널 쓱 벴다면서
마치 제값을 못 받게 된 부케 모양으로
수선화를 움켜쥐고 골똘해져 있는 건 나였다
이것이 아니다 결코 내가 원하는 마음은 이것이 아니다
양날의 검이 되돌아와 삽시에 찢긴 밑동의 마음에
값싼 자존심을 강제로 꽂대다,
붙이고 선 건 줄곧 나였다

설화

어린 녀석 둘이 추위에 종종걸음 쳐 들어와
대뜸 구멍가게 새시문을 차며 소리쳤습니다, 전부 다 주
세요
원 녀석들, 치고받고 하면서도 영혼의 입을 꼭 맞대듯 함
께 목청 돋웠기 때문에
냉동고 빙과를 고르던 나는 나를 발뺌하며 생각에 잠기고
생전 못하고 탐냈던 전부란 말에 움츠린 겉모습되어 어정
쩡히 귓구멍만 빼들다간 아이들을 내게 쏙 들여놓았습니다

숫기 없이 쭈뼛거리는 나와 정반대로
전부 다 주세요, 뽐내는 목소리를 부쩍 밝은 귀로 담아내
나는 가짜 목소리로
전부 다 주세요 전부 다 주세요, 당최 떨어지지 않는 말
을 시늉하다
그 말에 숨은 심원하고 희한한 빛으로 가슴이 따끔거렸
습니다
내게선 얼마 전 꽃모가지처럼 매가리가 빠지고 뚝 그림자
가 땅으로 꺼진, 통증
뭔가 델 듯 뜨거운 응결이 풀려, 물기가 배고 내 심정소리
가 양지바른 꽃송이처럼 돋았단 걸 알았습니다
어렴풋하게나마 저러했으면 했던 냉동보관된 꽃
맡아본 적 있는 냄새와 화색이 내게 없혀
아무렇게나 이울 걱정에 반하여 갖고팠던 삶은

전 생 한 번 핀다는 꽃이야기로, 꽃이 해산을 하여, 하고
많은 성격 중 뒤치다꺼리해야 할 아이가 되고, 눈썹 다붙어
고집 센 당신이 되고, 붙잡아맸던 진자줏빛 정염의 꽃 속으
로나 만발할 나팔관이 되어, 간담 서늘히 자꾸 불어나, 숫제
탯줄 이전 죽음마저 대물림한 꽃
　내 육체 속에 들어앉아 빙점을 거스른 천변만화였습니다

　그간 당신과 함께이고픈 개화꽃 한 송이 없이 계절의 꽃
이 졌습니다
　손가락 득 득 문질러도 깨질 빙화의 심정
　내 반그늘 자리가 안락한, 제풀에 꺾여 살아지는 형벌이
되고 말았습니다
　워낙 태생적으로 덜떨어진 사람인지 제가 좋아 죽어서 하
는 사랑
　견딜힘조차 없게 만든 형벌도 좋았습니다

　전부 다 주세요, 라는 말에 딴죽 걸지 못하고
　눈 빠지고도 기다려봐야지 적어도 살아 참말로 온다면
　그를 내가 기다리며 천만 가지 얼렸다 깨부순 설화
　사실이거나 거짓이거나 간에 모두 허물어지리라
　그때엔 한 점 그늘 들어설 수 없게 살 자격도 내 독차지
리라
　숨이 언제 거둬질 줄 모른 채 눈도 깜박이지 않고 한길을

― 신의 계시나 되는 양 코밑까지 덮고 서 있었습니다
　　해묵은 세월의 저장고에 휘감겨 붙은 사랑이
　　백설표정으로 씨름해온 슬픔의 바탕색이,
　　모든 일의 불투명함, 그 퇴색도 없음이 오늘치 햇빛에 와
장창 부서지는 얼굴이었습니다

불이

한참을 나 꿈 이쪽에서만 열심히 살았지 하릴없는 이 밤
눈은 사람 마음쯤 예사로 알아 강우로 어지럽히며 닥쳐오더
니 오층 삘딩의 높이로 차차 오, 꿈아, 사라진 전부는 쌀알
처럼 투명한 광채를 발했네 질끈 묶여 있었나 풀려난 빛살
이 천방지축 날쌔고 곤두박질쳐서 말야 잊겠다던 난 널 눈.
사람. 이라 정했지 춥고 쓸쓸한 대로 위안이 되었네 눈앞에
없는 너는 부당하단 표시로 반벙어리인 양 꿈쩍 않을 게다

어쩌면 사람을 대신해 짝짓는 말은 없는지 몰라 간 쓸개
를 빼주고도 어쩔 줄 모르게 뜨건 심장의 온도 때문에 입 땐
건지도, 느지막이 일어나 끼니 거르고
　백주부터 퍼붓는 싸락눈에 반쯤 넋 빼고 있던 눈동자
　여지없이 빼닮은 창
　불발된 고백이 안 보이는 풍경에 달라붙었네
　눈빛이 껴안다가 껴안기다가
　싸박싸박싸박…… 인근은 일찍 불이 꺼져들었네
　못다 헨 눈송이
　하나하나가 열기를 꺼뜨리기 위해 바삐 눕는,
　썰렁한 방이 마치 지상에 있다는 듯이

새의 몸짓

내가 어떻게 너에게로 가는가

어깻죽지가 뻐근한 오밤중 등불 밑 채곡채곡 개켜지는 동
내의들,

잠들기 전 그때엔 하루 생각이 고된 육신에 다 파고든다

오늘 서울 거리엔 변두리 살림살이처럼 네온사인 수천 호
썩 빼곡히 살고

네온 밑 죽은 새 눈알로 보풀 같은 눈발 슬슬 몰려든다

아우야, 나는 이제 적설량으로 가늠되는 양적이고 누적적
인 현대 서울의 시간 말고

새처럼 목이 길어야 어여쁘다는 이풍 지닌 족속 그네들 은
밀한 첫 밤을 생각하고 싶다

실은 선득하니 찬 방에서 한 장씩 뒤집어쓴 생각이 깊어

사람 머리에 새의 몸인 가릉빈가*가 된 격인데

나는 낮에 바로 밑 동생으로 보이는 새가 숨 몰아대자

등불 비쳐본 상처럼 한 쌍 새도 부스 불빛에 이마빡 박혀
파닥대다 숨죽이는 걸 보았다

희다, 저절로 한발 더 나가 오그린 새 발가락이 매만져졌다

낮부터 새털눈이 가슴팍에 살짝살짝 쌓여온 것도 새들이
빈 몸으로 떠났기 때문이었다

나는 마음까지 빈털터리로 헤매는 사람인 거다

신간서(新刊書)로 수중의 돈 털린 도심에서 찬 눈 맞으며
찾는 이름 너일까

언제나처럼 짚어볼 수 있는 전화번호를 가까스로 내 속

에 눌러놨다

공 일…… 삼…… 밤불 꺼지도록 좀처럼 똑 떨어지지 않는 번호

사랑이라면 좀체 널 떠날 수 없는 거고 사랑과 싸운다면 설자리가 없는 나였다

뉘가 알리, 아예 전화 부스를 건너뛰고 날아간 새의 몸짓

내가 어떻게 내게서 한사코 빠져나가는가

새 체취를 받아안고 와 발아래 한 나흘 꽃 때처럼 물컹 생리혈을 쏟았다

다 흰 캐시밀론 이부자리 한 점 핏자국이 돌아오지 않는다 하는 생명 같았다

피 묻은 잠옷 벗고 알몸을 파묻자

밤새 젖은 눈동자를 끌고 온 방에서 별것 없다 하여도 새 자식을 낳을 것 같았다

가릉빈가, 예고 없이 그 이름을 알게 된 날부터

다정한 새 오누이인 양 너도 날 불렀다

나 혼자 속으로는 그리 믿는, 헐벗은 외톨이 새가 되어 있었다

* 가릉빈가: 사람 머리에 새의 몸을 한, 깃과 소리가 아름답다고 하는 상상의 새.

사랑을 둘러보다
─세잎 클로버

이빨을 몽땅 빼뜨린, 내 늙은 사랑은 또 싸움꾼으로 돌변해 어딜 가네
　　　　　너무도 외롭기 때문에 불과 어제 일을 잊고
　　　　　열렬히 사랑해야 한다는 듯이
　　　　　(실은 한 차례 거름 없이 초침에 찔린 세월도)
　　　　　날 좇아 쓰라린 내상에 더디 피 흘리고 있었음이여.

걸음은 신발을 끌고 나가 홀연히 그와의 지난 꽃길에 내
닫고
생각은 그가 따서 차려준다던, 흰 꽃밥에서 지칫지칫 발
디뎌 밟다
찾아낸 네잎 클로버 두 개와 오잎 클로버 한 개
두 개 행운과 낭패스런 불행 하나였네

세월 가도 꽃말은 게 서서 한 발자국 도망도 못 하였음을,
셈법으로 곱게 엄지 검지 두어 번 휘어감아 줄기 꿰어 돌
렸던가
세잎인데 이파리 돋을 때 상처가 껴 한 두어 장 더 난다고
몰라 뭐 행운이야 꽃 같은 거 그런 거, 툭 내쏘는 한마디로
설핏 저물어가던 나는 어느덧 덧난 잎
내게 들여놓았네
찌르르 심장 뛸 때, 안 들키려던 낌새 같은 거 그런 거
반복된 손가락짓이 채근인 듯 그가 성가셔했고

우리 사이 낀 떨칠 수 없는 감정이
말라버린 흙덩이로 떨어졌네

행복에서 나아가던 행운이여 너는 이내 저만치 돌아서던
오오, 행운에서 더한 상황으로 나아갔던, 딱한 불행이여
나는 이파리를 하나 떼어내어, 이젠 행운 세 개 ……그러
니, 내 몸 부위마다 연한 꽃으로 펴날래
나는 이파리를 두 개 떼어내어, 욕심 하나뿐야 ……참도
행복해 그러니, 몰래 돌아올래
나는 이파리를 모두 건너뛰어, 나뿐이야 ……그러니, 제
발 그냥 돌아와

흙덩이 묻은 발 보이잖는 농이 들었나 쬐그만 티눈 덧났나
아, 나는 여태도 못 떠나고
째서 빼낼 수 없던 상처로 클로버가 되어가면서

별달리 살아내는 돌연변이여서 거듭 덧나는 게 아니잖아
필요한 건 크낙한 행운이 아닌 거, 쬐그만 꽃 같은 거 그
런 거
내게 필요한 건 많은 게 아니잖아
생살을 부위부위 저며 성한 몸 뜯던 날에는

국수

국숫발이 소쿠리 찬물에 부어지는 소리 들렸네
차—ㄹㄹ 붇지 않고 물기 머금은 리을이 최초의 소리 같
았네
잠귀로 들으니 밥쌀 이는 소리보다 더 가늘게 흐느끼는 그
면이 된 것도 같았네
국쑤 먹으련. 굵은 낯짝으로 내리 자면 맘이 편튼?
아뇨. 나는 몸 좀 아팠기로 쌀쌀맞게 말을 싹둑 자르고 노
상 병상춘추 도시 거추장스런 세월 모르리 길게 누웠네

전생의 사랑방에서 그이가 히이야, 내 이름 불러 불과 함
께 껐으리
재떨이에 담뱃불 바지직 이겼으리
그러면 난 날 싫어하셔 혼자 자실랑가, 아양도 간드러졌
으리

혼몽으로 흐트러진 면인 듯 그이 민낯을 말아 쓸어안았네
내가 사는 한줌거리 머리칼과 피부를 빠져나가 경황없이
날 버리고 돌아온 마음이 찼네
차고 또 날이 많이 차 집안에 오한이 들었네 비로소 국수
가 먹고 싶었네

쇠붙이가 없어 철판을 주워다 칼로 썼다는 도삭면(刀削
麵)

그러나 먹어보고픈 최초의 사연 반죽덩어리

입마개에 걸려나온 듯이 국쑤 말고 밋밋한 국수라는 말을 곁들이면

정말 환하고 가늘은 면이 야들야들한 여자의 피부처럼 온갖 것 말쑥하게 벗고

서슬 퍼런 세상 전쟁 같은 건 맹세코 모르리 나, 마냥 잊어버리고

불 그슬린 맨발인 듯 광막한 설원을 질러서라도 억분지(億分之) 일인 그일 찾으리 사랑하는 사람에게 먹여 백수를 잇게 하리 너만은 내게 그러면 안 되네 목놓아 울지 않고 천수를 잇게 하리

잃어버린 마음 하나를 끓인 고열에서 최초로 건져올리리

국수가 빚어지는 동안 안녕이 염려되어 그이의 무병장수를 기원하는 최초의 사랑

그런 한물간 시간을 살고 싶었네

아아— 나는 바직바직 애가 밭고 탈 날 노릇으로 반생을 앓아

그만 궁여지책 내생을 이어붙였네

전 생애 최초의 반죽덩어리 도로 썰며 다쳐도 좋아 하였네

정갈히 차리기 전 적셔다놓고 적셔다놓는 물고랑 소리로도

성큼 온 그가 기다리는 것이어서 하여 아흔아홉 좋이 될

― 물굽이인가

　작심으로 뜯는 육고기 살점 말고 그만그만한 한 가락 연이
은 한 가락, 국수로 연명하고플 따름이었네

2부

내가 사는 세상

붉은 꽃, 백일

거기는 어쩌면 질로 좋은 자리, 징그럽게 백날 다홍색일 거네그려

오마 하던 사람 아니 오고 '에그, 따스한 색이다. 가운데 금장이 새색시가 쓰는 족두리다. 곧 첫서리 내리기 전이요, 이무기를 무찌른 그와 상봉하리라. 그러다 그대로 흰 깃 꽃은 배는 아니 오고 붉은 기와 매해 저 백일홍만 그렇게 남겠지. ……흘렀건만, 족두리 쓰고 초록저고리 다홍치마 입은 채 신랑을 기다리다 하안에서 죽었듯이……' 여자는 근자에 백일홍 각시 꽃전설만 지어내더란 말인데

그예 멋들어지게 제 나신으로 멱감은 여름 개울 수풀 변한 탓일 게다그려 마지막엔 띠풀 엮어 허리대님 두르리라 갈바람 소슬하여 물코라도 흘릴 날이면 얼레꼴레 백년해로 저버리리라는 것인데 미어지는 마음 아니시겠나 한 점, 한 점, 홍안의 꽃 따다 가늠하매 매 밤사이 원통한 가슴 다독여 꽃자리 매만져볼 양이면 흡사 옛전설의 홍사와 흉중 이야기로부터 야기된 안팎이 분별되던가 주거니 받거니 말참견 않는 통정이니 캑캑, 각혈로 발라내지 않아도 오뉴월 꽃철 부근 보내고 이승의 비천한 육신이 오롯한 제 몫이라 혈혈단신 백일홍 머리칼 푼 백발 다 보겠네그려, 그려, 아니 오는 사람에겐 꽃대가리 하얗게 지워졌겠어도 코끝 대면 훅, 끼치는 차안(此岸)의 독한 내, 꽃, 철, 피, 철, 철

여태도록 명당자리 차지한 사방 백 리 저이들 백날 다홍

색, 꽃멀미 아뜩한 안   —
  어데 천날 만날 눈이 감겨서
  당신이 상것, 늙지 않는 화낭 빛깔이라 박대한대도 백일
홍이 내 전신에 감기시겠네

유희

가슴에 물결 이네
기쓰며 수면에 울적한 심경을 물수제비 띄우네
침울이 스스로 살아나 움켜쥔 돌멩이
여자 주위 온통 붕괴되는 물기둥
혹서기 빗방울 쏘아붙이네 펑, 전력으로 부술 수 있다며
펑, 그지없네
몸 부비는 희열의 기세 받으며 팔딱거리며
경사가 가파른 가슴에 단단한 젖꼭지에 번질거리는 물
성미 마른 작달비로
수면은 극성스런 쇠물닭의 목젖 불룩이며 목 쭉 뺀 울음
사태
물 거죽에 닭살이 오소소 돋네
흠뻑 젖어 빳빳해지네

그 여자 양팔 뻥뻥 휘두르다 비긋이 웃네
비 맞은 옷에 모를 정체가 물귀신처럼 들러붙어
하여간 끄떡 않는 속내에 관한 한
하천은 하냥 죽은 듯 한일자 입일 것이야
…단둘이…세어도 셀 수 없는 돌이 총 몇 갠지…
히히히…그나…나는 어리석다 매일반 바보다 치자……
녹초만 투병하는 몸에 살아
몸에 갇혔겠으며 흡사 끄트머리 늙은 곳보다
더 안쪽 실낱같은, 수염뿌리가 가느다란 촉수 흔들거려,

여실히 삭은 말단, 그리하여 여자에 의해서만 살고 타들어
갈 치정 관계, 영혼의 여생
　물풀 낀 하안
　음부인 양 애끓어 부글거리는 진앙지 그 이름 지녔을지
모를 곳아
　펑, 닮아, 질색이야 펑, 뭣도 걷잡을 수 없어, 펑덩
　난 가끔 보았네 꼬드겨 동반 자살을 꾀한 게 틀림없는 염
천 물살
　하여간 이 하나도 서러워할 이 없이 수몰된 여잔 젊다 했다
　불가살(不可殺)이네 여러 날 가쁜 소리 지르는 것과 동
시에
　절반가량 불어난 물

상사

그러니까 제가 사는 몸에서 내쫓기다시피 한 계집

차고 뻣뻣이 죽은 사지로 이 주일을 헤매다 돌아와 답했다네 뭐였을까

번잡스런 머릿속을 해결한 듯 이름을 개명했네 비장하게 덧붙였네

등나무 흉물스레 꽈야 하는 몸이 등나무가 어느 한때를 살기 위한 몸부림이라데요

한 계집 밸 뒤틀듯 칼집 넣어 새긴 이름에 비수 꽂는 순간에도

백치들 쪽 고른 꽃등이 안달이었네

몇 번의 손길이 거친 유두처럼 일제히 부풀었네 팟, 팟, 파안대소 했었네

어긋난 틈새로도 흔쾌히 바람 날리고 새는 허공이란 이름을 밀쳐올렸네

한 계집 그리고 한 청년 이름이 뒷등 안으로 들어갔네

등허리 잔뜩 늘어지게 비틀어 훑었네

깍지 낀 이파리도 수억 장 요란했네

매니큐어 칠한 손톱으로 피어올라 떠 있었네 *까르르르*

아하하 서기 어린 빛이 났었네

게 섰지 못해, 깔깔거리는 요망한 것 제아무리 달아난들 *와하─하하까르르*

나무라는 표정을 지어 보이고 계집의 어깨를 걷어붙인 불

밑으로 끌어당겼네
　청년의 울대뼈가 급하게 오르내렸네
　달큰하고 뜨거운 것이 목구멍 깊숙이에서 깨어나려 격렬
해지고 있던 차였네
　향긋한 꽃내가 구불구불 옭아매는 전신. 방석으로나 나
앉은 뿌리였네
　등 누일 어딜 찾아도 적당치 않던 거기서 잃어버린 유골
단지 안인 듯 서로의 영혼을 오래 더듬었네

　요주의하게, 간계와 사랑을 저질렀던 등나무 게걸스레 채
우는 불
　세상사 저를 불사를 그런 유의 일쯤 있는 게지
　절체절명이 눈뜨고도 말짱하게 눈먼 사랑 일컫는 게지
　몸소 증명하며 스스로 켜든 등으로 저는 영점하(零點下)
구절양장 제 속을 깜깜하게 돌고 돈 게지
　이름 팼던 나무로 침통히 섰었던 게지
　가슴팍쯤 단도로 후비지 않곤 못 배기던 명인 게지

　대지의 생명을 쪽쪽 빤 등
　엉성하게 붙여놓은 계통수란 없는 게지 발목 휘감은 천
명인 게지
　칼금으로 끊어 더 갈 곳은 절명이겠지 허나 더럭 겁먹어
무심치는 말게

— 　모르시나본데 *까르르르르* 나야 귀까지 먹었습니다만,

—

사랑

숱한 불면의 연속이었다

머리맡에 핸드폰을 두고 동튼 날이면 충혈된 눈으로 보았다

핸드폰 액정에 반사된 아침빛이 천장에서 제법 반짝거렸다

고양이는 매일 허공으로 분사된 빛에 몰입하고 있었다

이빨 빼문 적의도 없이 가슴 부풀어 허리 뻗은 몽롱한 자세로 다만 몰입하고 있었다

손 저어도 눈동자가 동떨어져 황홀하게 몰입하고 있었다

몰입하는 딱 두 개의 눈동자를 따라 내 눈동자도 막무가내 몰입되고 있었다

—헛물켜지 마! 날 봐! 그런 애는 없는 거야! 원래! 없다구,

손톱 세운 돌팔매질 시늉에 애원해봐도 고양이 눈동자가 몰입되고 있었다

귀 한 짝 떨어지고 청력이 망가진 듯 천장 쪽으로만 온 털이, 온몸이 몰입되고 있었다

—잊는 거야? 응? 정신 차려, 다신 찾지 마, 엉?,

윤기 맨질거리는 털 온몸에 매달고, 부드럽게 긴장하는 암코양이

진짜지만 가짜 같은 빛의 실체를 잡으려는 고양이가

없는 연락을 맨날맨날 기다렸던 진짜 나 같았다

그 광경을 먹잇감 쫓듯 지켜보느라 내 전체가 눈동자에 몰입되고 있었다

흰자에 핏줄 서고 불붙어 천장을 순식간에 치달리고 있

― 었다

눈동자가 토악질하며 몰입되고 있었다

안광 발하는 고양이는 숫제 내 얼굴이 되고 내 얼굴은 자기 자신을 잃은 실체 같았다

빛은 내 시야를 없앤 대신 분간 안 되는 공허를 채워넣고 있었다

하룻날은 빛이 번뜩, 탄성 있는 형체처럼 망막에서 튕겨져나가기도 했다

그래서 고 이튿날째 비슷하게 눈 짝 찢고 고양이자세로 허리 쳐들어보았다

정작 그러고 보니 빛은 확연한 음영으로 파닥대는 야광충 날개, 같았다

잡아 짓이겨버리고픈 욕망의 생김새, 같았다

딱 하나 살아 있는 거, 같았다

잡고 싶은 너, 같았다

해는 유혹적으로 부풀어올라 정점인 중천이 타들어간다

빨간 눈 치켜뜬다 아슬아슬히도 빛과 난 숨죽이며 서로에게 몰입되고 있다

점차로 발톱이 휜다 빨간 불똥이, 혈관에

내 속에, 옮겨붙는 걸

느낀다 뜨거움 지나쳐 잠재울 수 없다고 팟!

한 마리 육식성 동물째 발작하며 내 내부에서 싸늘히

불탄다   —

—

Eve

―

 미간이 좁아진다
 누가 살을 메겨 활등을 잡아당긴다
 이내 뒷골을 당기던 고통의 시위가 내려간 배란통이다
 신체리듬이 바닥권. 몸을 내맡기자 저희끼리 파벌적 쌈
질들
 지금 내가 하는 말은 단순 통증에 시달린 게 아니라
 완전한 시발점 내가 찾은 원죄 그예 원시로 벌어진 사태이
니, 여체는 미결상태 살기등등이어도 맞으리
 젖가슴 사이 명치가 꿰뚫려 바람 통과한다
 나완 무관한 나 언제 적 살았던가 혹여 죽었던가
 그렇지 않다면 신경줄이 일상세계에서 먼 천지 걸쳐
 가히 이승 떠난 유혼으로 허(虛)며 공(空)이며 우우 겉
돌 리 없다
 내가 링반데룽이다 내 갈망. 내 혼돈. 초조. 원초가 잠식
한 몸종
 송두리째 내부적 탄성에 허룽거린다

 순진한…처녀성을…꾐…에…빠…뜨려…경악게…하고
싶…다
 사랑이라는 행위로 분리되는 시간의 쪼가리
 살고 싶은 한순간이 안으로 도래한다 우우 시간성아,
 뭇처녀들이 살다간 수 세기 전야처럼 허물어져라

―

단순한 몸짓이나 놀라우리만치 능한 관능이 탄생키 위해 ─
눈을 다소곳 내리깔고 가장 두려운 제 적으로
활(弓)
치모 거뭇한 허리선이 본능을 메우는 자세로 예비된다
텅──
비어 있는 몸속 복장이 오그라들고 내벽이 뜯어져 핏물
을 쏟는다
바닥까지 퍼내면 언젠가 생명의 극점에 닿으리라

해시계가 우우 쏟아진다
무너져내린 자신으로 무너뜨린 시간의 머릿골
오래 승한 사십육억 년 문명을 정벌 갓난 절정, 창세에 치
달아라
치달아 골각들까지 탄력적인 실감을 쥔 채 정수리 잡아채
인 듯 머리카락 곤두선 ……밤 이브다 까마아득하여 이름
붙일 수 없는 모계다
우우─ 태곳적 몸짓이 완수된 내 애기집 받아 안고 싶어

여럿 그리고 하루의 실낙원

여자는 자신을 노라, 라 불렀어
모두들 한번쯤 보았거나 안다고 여기는 『인형의 집』
여간 짜증나는 일이 아닌 청소와 집안일을 끝낸 자정 시각
모든 불을 끄고 노라가 욕조 물을 틀었다나봐
한숨이 이끄는 시간은 수중에 차오르고 이어져갔대
꺼진 촉광 아래 타고장 바다가 펼쳐지고 공명했다지
여자를 비추고는 어둠침침한 물영상 가라앉았대
그랬나봐 젊은 시절로 되돌아가 둥그렇게 부둥켜안고 서
로를 빛내는 화염
요염하게 타오르는 물을 부화하는 중이었다나
여자를 에스코트하는 물의 새가 떠올랐대
그간 외로이 비행한 새들이 돌아가 눈뜨고 죽는다는 오
클랜드 군도
─화산섬에 위치한 원시 늪지대는 조류들의 실낙원이야
이렇게 우리처럼
─너 나 할 것 없이 삶을 박차고 받아들이는 떼죽음, 일순
간 몰입해 죽는 거야
생물도감에서 본 듯한 그러나 생명을 불어넣으려던 찰나
체내에 느껴진 떨림으로 귓전 밀려든 남자 목소리였다고
손가락을 편 시간은 흰 물새, 여자와 남자를 합쳐 잡아다
망망대해에 풀어놓았대
얼마 후에야 수만리 해연(海淵)으로 하강한 여자가 온전
히 빠져나올 수 있을까

병중도 아닌데 얼마쯤 제 신원을 모르겠는

맥도 없이 그에게 섞여든 여자가 자꾸 자신을 흘리고 돌아올 무렵이었다나

끊임이 없는 물소리가 자신인 것도 그인 것도 같은

열정의 형태이면서 동시에 정녕 모르겠는,

죽음에 직면해 해역에 모여든 새들

새몸에서 빠져나올 땐 유달리 큰 침묵에 말을 잃고 숨을 죽였대

싸늘한 체온, 별안간 아득하고 한없이 멀어진 자신을

전라(全裸)인 채 껴안았다나

외부세계처럼 나와의 모든 교신이 두절되고 만 어느 날 일이었다, 술회했다지

여자는, 일상 그 자체가 비상사태인 걸 몰랐던 거지

모든 여자의 이름은*

깨지는 거 순간인 한 판 삼십 개
계란을 들고 건널 적, 생각하지
바구니 속 계란이란 시와 임신 육 개월 여시인의 시집을
모든 여자의 이름은 모오든 여자의

온상처럼 따뜻한 날 마른 블록 먼지를 몰고 나는 나와 사
이가 뜨는 줄 모르고
생각 쪽으로만 겨뤄진, 누구 시였던가
식자재 마트 앞 신호등에서 일순 과도한 빛의 걸음걸이가
빠아아아앙———
빛의 세례를 함빡 뒤집어썼지
마치 오래도록 사랑을 하고 나면 머리칼과 겨드랑이에 땀
솟는 혼곤처럼
그만 아찔해져 잽싸게 눈감고 싶었지

내가 고이 손 받치고 온 나여, 소싯적 여시인의 환생
이여
생각났다 여자를 떨치려 발버둥치다 내가 밑도 끝도 없
이 뻗는 발걸음
깨뜨려버리고 싶은 내 보수성의 껍질
점액질처럼 내게 척 달라붙은 양처(良妻)의 감옥, 짐짓 대
각에 짜맞추려던 일정한 모양까지
불량스레 헛발 짚으면 대번 끝장인 낭떠러지

걱정이 위태로운, 서른 개수 한 판

육중한 화물 트럭 눈 속으로 죄 빨려오도록 상체는 왈칵
날계란 쪽으로

정조준된 생의 서치라이트는 기어이 내게 쏘아대지

빵빵빵 빠아아————————————————————앙

어질해져 눈 컴컴한 어둠일 때

머리카락이 목덜미를 쓰다듬었지 깨물린 귓불 아래로

뭔가 뜨거운 김이 훅 끼치며 네 안엔 나도 들어가 있지?
아니 없어

그가 묻던 말을 급하고 앙칼진 경적처럼 내친 듯해

그만 몸담던 환한 생을 헛구역질로 송두리째 뒤집는 도
로 복판

어느덧 실명된 나였지

두 눈 있어야 할 자리엔 눈동자를 가차없이 부서뜨린 섬
뜩한 인광이,

피와 살과 저를 빠뜨린 채 울던 상엿집 그 적막뿐인 모든
나를 뚫고 내 어디를 다다르려고

눈부신 광선이 일제히 길 뻗치고 있었지

균열된 날 곧장 가로질러 끄트머리까지 빠아아아아 아—
아——

—　나란 여자의 이름은

* 최영숙 유고 시집 『모든 여자의 이름은』(창비, 2006)
—

꽃잎이 흩날리는, 포탄이 떨어지는

1
저녁 무렵 커피를 진하게 타먹었는지
영 잠들지 못해 포털 사이트에 올라온 시를 접속한다
몇 차례 검색창 닫히고
벚꽃잎 흩날리는 아름다운 곳이다, 아름다운 꽃하양에 이
끌림당하다가
꽃시 쫓아 끝까지 가보겠단 오기 발동해
주인장 프로필을 검색한다

꽃 하냥 날리는 배경에 시에 관한 댓글까지 천상 여자군,
피식 웃는 동안 머릿속 불 꺼지고 성별 란의 남자가 읽힌다
졸지에 화면 나가고 그루터기 잘린 그림자 내게 드리운다
일전에도 그런 일 있었다

꽃나무와 시를 좋아하는 건 당연 여자라고 생각하는 나 호
러물을 좋아한 내가, 이념 역사 정치 얘길 듣길 좋아한 내
가, 쌍절곤과 펜타곤 워게임과 오장군의 발톱 같은 극(劇)
을 눈불 켜고 본 내가, 아집의 편견에 발모가지 넣고 있는
건 나였다 바위를 폭파하는 상식적인 사회보다 나였다 민
중보다 나였다

시집을 인생 신조로 잡는 여동창들을 비웃은, 그런 것처
럼 난 달라, 시를 쓰니까 개인에서 전 인류 박애까지도 쓸

거니까 노동자 아내가 될 거고 너희보다 똑똑하니까 실천
하며 살 거니까 내 속 숱한 우월로 얕잡아도 본 난 결국 노
동자, 아내도 되지 못하고 어수룩하게 학벌과 수상을 인적
정보의 책날갤 펼쳐든다 어둠 틈타 원치 않은 죄 저질러버
린 것마냥 하염없어라 내 존재를 마냥 떨궈버리고 싶은 밤

2
또다른 나와의 냉전이다

3
눈동자에 꽃봉오리 잠시 맺히고, 피고, 핏빛으로

지고, 포탄 하염없이 터지고 불발되고 인류의 누군가는
오염수로 피폭으로 성차 없이 죽을 거고 증권가 불황일 거
고 여동창들은 남편 호봉에 맘 졸일 거고 김장하고 육아에
힘쓰고… 멘스 날 오고 브래지어 와이어 살피고… 저 혼자
똑똑한 척 다 하더니 약지 않은 순 멍충이 낳았어 번듯한 남
잘 골라야지, 아버지가 세운 나라의 질책은 날 명백한 패륜
아로 만들 거고 꽃잎은, 꽃잎이 어딘가에서 흩날려와 날 가
려줬음 좋겠다 신의 경고 떨어진 내면세계를 엿보았기 때문
(그러니 니 잘못! 니 실수! 니 실책 니 부주의 니 미스 니 미
스 판단 이러다 북받쳐 내 모든 나)이라는 듯 하염없어라 지
성의 태반 흐려지고 인간 외형만 간신히 남긴 나마저 18층

060

아파트 창밖으로 떨궈버리고 싶은 밤 창호 관리 되지 않아 ─
펄럭대는 심경들, 초기화된 포털 사이트 창 안의 꽃잎이 함
께한다 새삼 모든 연결이 확연히 어둡다

　어느 동서남북으로도 어둔
　경계와 의심을 품은 심연의 한 층이 높아진다

─

방(榜), 수영의 텍스트를 읽는 나

내막은 이렇다.

뜸했던 미등록 전화번호 뜨듯 의식이 있어 한밤에 뒤척였다. 귀엣말로 서성거렸다. 계절 앞에서 죽는 법을 배우는 가지들. 꽃이파리. 거북한 생명연습.

거듭 말하거니와 의식을 속에 가지고 해와 달을 정으로 땅땅 쪼아 끄집어낸 듯했다. 공중에 박힌 그것들의 장면전환뿐이었다. 나의 도취는 「도취의 피안」을 나눌 이 하나 없는. 치장한 호화 장정판 김수영보다 나였다.

거 누가 있어 젤 수 없는 둔도로 머리 내리눌렀다. 거 누구예요? 서늘한 죽음을 목도하도록 긴장으로 늘어난 시야 헙수룩한 경대와 안경. 이십여 남짓 파편화된 시간이 거울처럼 겨우 나 비춰 못 지른 벽 앞 오열이게 심지어 오싹한 백합접시이게 그러나 희망은 다시금 불치의 병력이게. 무성한 가지 잘라 살점에 삽목한 듯 나 책을 죽어라 끼고서 볼모되도록 보채보리라.

생가지 접어 오그라진 햇살, 꽃잎 펼쳐 피인, 아득한 책의 적요. 굽이굽이를 형성하는 바람. 그러고 나선. 다다를 수 없는 나선형 시간은 나만 느끼는가.

질문이 잦다. 참을 수 없는 약동의 가벼움!이라니.

달이 부풀어 튀어오른다. 창 달린 방이어도 이담에 이파리 뚝. 노상, 먹는 새 지저귐은 납세공 뗀 접시 같아 접시에 받친 엽란도 죽었네. 두렴 끼쳤네. 해 뜨는 동공에서 샛별은 가로로 누운 한 구 시신 꼴로 보였네. 내 인격체인 양 틀어

박혀 슬펐네. 일면식도 없는 미치광이 방으로 적격이게. 방
은 와자한 소리가 보여주는 실체와 그 절망에 여념 없을 것
인즉 그렇게 돼줘. 있으되 해결책 없는 빈 바닥 덥히지 않을
것이니 창문 열어 새로 차게 해줘. 시인이거니. 구리브론즈
에 비친 조롱 섞인 눈빛 제거해줘. 슬픔을 유발한 과거가 달
아날까. 전전긍긍하는. 거 누가 있어. 여태껏 누구를 쏘려
하는가. 방아쇠 당겨진 새소리 멎게 해줘. 누가 있어. 거울
뒤로 하고 거 누가 있어! 모르쇠로 힘껏 닫아. 거, 안에 누
가 있어! 머지않아 종간할 예정이니 파악하려 말고. 거 누가
있어. 남모를 사유를 읽지 말라. 주소불명으로 돌아오라. 나
로부터 뜯겨나간 내용물 봉합해 예전과 같아 아예 없게……
아으, 으, 싫증이 난다. 이 징글맞은 동사화……나에 의탁
한…… 끄집어내어서는 안 될……이

비자흔*

밤, 읽히지 않은 통사구조를 읽다, 전자렌지를 들여다보면, 반복 돌아가는 내열그릇이 있다, 문 안쪽 던져진 구랍 장미와 말리꽃 다발이 있다, 들여다볼 수 있게 고안된 구멍에 밖에서 내내 기다리는 사람의 표정이 있다, 표정에는 반복되는 시간이 있다, 수지(樹脂)를 주르르 흘리는 거리가 있다, 그러나 때로 삽상한 바람 내몰고 오나보다

새 등을 밀어올리는 안개손

창 아래 케이블에는 신선한 기포가 뚜껑을 열고, 의심은 환영으로 송출하는 소리 있어, 그녀가 반복해 울고, 그 방영되는 시절 반복한다면, 내가 그녀 눈을 가려 데려오고 싶었다, 이런 어처구니없는 생각하느라 신문과 우유는 부글부글 쉰다, 침묵으로 증식하는 글자에, 드러눕고자 하는 세상, 소극적 대처의 날들에서, 속보를 즐기는 이, 일요 전단지 같은 나날, 나에게 올 해묵은 봉투 더미, 흡음성이 뛰어나, 집합을 부르는 호각 소리, 비브라토의 고음 같은 가두 신문, **서울 호우경보… 잠수교 보행 통제** 얼룩은 들여놓지 않은 것들에 번지는 혈흔, 진동하는 활자, 빗방울만 흩는, 나쁜 피 같은 마음, 음소거 없는 속시원함으로 말해다오, 몸 제대로 가눌 수 없게 만드는, 도대체 통제할 수 없는 이것은 무엇인가, 부삽을 들고 나서는 바지들, 신원미상의 군홧발, 신문지상은 일렬종대로 낙수지는 지면, 지문으로 누른 센 수압의 수도, 얼핏 들어본 나라는 희미한 활자, 이 역(逆)한, 동일 궤도로 자전하는 지구에, 읽히는 건, 그래도 승리가 아니라 사

랑에 패하는 시절
  하여 나는 상처를 휘어 두르고 간 그곳의 광휘를 본다

  그래 무엇이든 날 데려오라 할말이 없는 남이어도 단 한
번 생명을 오랏줄에 던져 묶여가듯이 끌려가겠다
  모조리 소모해버린 청춘
  나직한 어느 지상에 붙어 있으이!

  마름풀처럼 물빛 위에 드리우는
  착란으로 이산(離散)하는 찬란이야……

* 비자흔(飛刺痕): 상처로 주변에 튄 핏자국.

곡

아뢰요, 구전을 통해 전승되는
개구리 잡아먹는 개구리 본 적 있었나이다
사설에 따라, 하류 딸린 동네 개골창
본디 주마간산 열두 굽이 걷어내면 올챙이, 개구리
개구리 울음소리, 물때 아는 비단개구리 아하, 산개구리
보였더이다
속리산(俗離山) 법주사 무우수 앞 엎어진 울음주머니
사철 비 오는 동네였고요 은갈치 꾸불텅, 미꾸라지 물오
른단 날이었고요
갈데없이 바로 여기 속리산 목어는 억수장마 비늘 달고
요 아하, 개구리
비어를 바랬나이다 으레 갈, 봄 할 것 없이 아니리
어미도 모르던 나는 개구리, 말씀 어기고 동네서 쫗고 말
았나이다
미역 다발 양푼에 풀어헤친 어미는 넓적살 뚝 떼며
나 귀빠진 날까지 왜 이리 생, 애먹이냐 산세 망연 바라
보더이다
불어나는 불통마냥 개구리 울음소리 나, 애도할 수 없는
허구한 유구뿐
아야 복장 터지겠다! 고만 좀 소리 내라 어미는 어미의 뒤
태 삼키고
그 개굴 북향 방 들앉은 날 전 생애 불어나 우글쩍 녹초
더러 보였나이다

뜯긴 기왓장은 야 단 법 석

낙숫물 받쳐도 받쳐도 대야를 넘고, 산도 넘고, 오물 넘고, 욕지길 넘고

어미가 삼킨 어미는 우무질 같은 소리판 미끄덩 나 낳을 때로 돌아가

개골창 매달리더이다 나의 하류는 산산이 찢긴 개구리 잡아먹을 올챙이

또랑또랑 물 귀 먹먹토록 불었나이다 전생을 삼키는 게걸스러움

천억 년 어미들 억척으로 탈향하지 못한 바로 여기

애달아 절로 통정한 속리산 기슭

개안

나는 한세월 누구의 작(作)입니까
나는 그를 욕(辱)이라 부르겠습니다

의기양양하게 내뱉으면 안 될 일이지만
죽기도 전 비겁하게 죽음같이 퇴각하는 단어가 있어
내겐 흠집 상처 실의 좌절 굴종 등 한세상 헐어버리고 가는
무려 삼백예순 날이 그러했어 실토하자면 아무리 설쳐본들
삼백예순 날 나는 잠을 잘 잘 수 없었기 때문에
출근길 잠정적 해결책 없이 성대 잘려 독기 어린 개처럼
펄떡이는
내 단어들 그게 날 감시하며 심장에 대듦을 목격했지
통성명할 테냐?
일인시위 몫이 알 바 아니었으나, 잠깐 창밖 피켓시위하
는 성난 사내와 마주쳤지

소신 있게 살아내고 말겠다는 형형한 두 눈의 응고를
오후 사정없이 뜨건 볕 속에서도 언뜻 읽었어
격렬한 내면은 오싹하게 모든 걸 얼려 굳히는 서릿발 냉
기였어
광화문 버스 승객들의 목소리 하나 없고
퇴근 때에도 죽음의 일을 사느라 나는 일행이 없었는데,
일행이 있었다 한들
통성명할 테냐?

남자를 유리 막대기 선 눈발로 노려보다   —
장대 끝 올라선 생존이란 무시무시한 단어에 꼬리 내린
식으로
가방 안 이르러야 할 목적 없이 낡아가는 종이짝을 부여
잡았어

이때다 싶은, 날 해는 경탄스럽게 뜨겁고
내 정신에 편입되어 무력하게 낡아가는 시작 노트
그 낡음을 교체해주고픈 심경이 들썩이며 날 앞서가고
열불 터지게 산다는 이유 캐묻느라 평안한 시간을 싸잡
아, 버스가 터널을 뚫으며
살아생전의 무덤
정신의 기착지를 지나가고 있음을

그래도 나를 싫어하지는 마
울먹이듯 우그러뜨린 노트 글귀로 밖에 선 내게 뛰어들고
있는 침묵을 보았어

인상

정원은 뚜렷한 그날 낮의 자세다

목청 막힐 듯 더위다 저변에 자리한 죽음으로 살아 있는
공중정원

개의치 않고 푸드득이며 죽은 새 깃털에 활개 불어넣는
바람,

하늘 떠와 빈 개밥그릇을 채우기도 한다

그럴 때 되감기는, 정원이란 글자는 다소라도 공간 활용
위해 낸 수납장이 된 듯

나뭇잎마다에 쏟아지는 빛을 담고 반짝거린다

1974년 중판 전8권 26,000원 컬러판 『새생활대백과사전』
팔러 온 외판 사원이 쉴새없이 목울대 세웠다

기껏해야 어깨 덮을 뿐인 날깃날깃한 샤쓰 깃은

풀 먹이고 세심히 감쳐 날개 자체인 듯 빳빳했다

주택(住宅)/ 정원(庭園)/ 가구(家具)/ 원예(園藝)로 일렬
늘어놓은 표정

식솔의 가장일 법한 차림과 시계 대신 팔뚝에 찬 흉터

입에서 흘러나오지만 육성 같지 않은 기골장대 집과 딸려
사는 병충해의 함수관계는?

헤아리기도 전 얼굴이 잊혔다

성토한 양지바른 지층으로부터 감쪽같이 풀씨 빼앗는 일
조 시간이여, 보폭은 짧았다

그가 크게 뽑은 전면창의 눈으로 뜬구름 둘러본 후
물 한 컵 들이켠 시간 통로로 사라졌듯, 단박
정원. 이름 붙이자마자 눈뜨기 망설인 떡잎이 탁 트인 공기에 펼쳐 떠가고, 깎아지른
암은, 아찔한, 뭔가 부닥쳤다
조경 사이 바통 넘기며 터치! 머릿속 크게, 더 크게, 회오리 틀며
공간 넓게 뺀 부지 통과해 정신 통쾌히 뚫고 치솟는 기억

정적 맞닥뜨린 얼굴은 소스라치고도 보았다
밑 모를 두려움 기거하다 측정치 못할 아버지라는 이름으로 갈 수 있는 공중
덜렁 남아, 잘 가요, 흙발 꽝꽝 묻어버리고 싶던
독생하는 눈이 하늘 등진 채 쏘아보고 있다
부릅뜬 새 눈알과 놀랍도록 열린 인간의 눈을 전면으로 차지한 공중정원

배타적 영역, 도시

뻔한 이치여도 알 수 없는 노릇이었지
변화에 수반되는 시련이어도 말이지
수일간 헤르페스로 입가가 부어 아픈 우리에게 환절기 말
곤 누구도 얼씬하지 않았는데
수면 부족과 이중고를 겪는 듯했어 슬럼프 생활에서 말야
계절은 깨닫지 못한 사이에 우리를 성욕같이 무뢰한 야수
성으로 부추겨 금요일 밤이면
이럴 순 없어 한 해 허비야, 수심 찬 소리를 막다른 술집
에서 듣게 했지
남자들은 메들리로 흐르는 발라드나 블루스에 인도되어
어깰 비틀거리고 가운뎃손가락 쳐든 허세로 시끄러웠어
위험한 자가 진단 같았지만, 업소 쩌라시와 유리 파편으
로 파장 난 도시에 우리도 보태야 할 의무가 있다 느꼈지
그래야만 한 시대를 풍미하지도 못하거나 요즘 뜨고 있
는 유행에 한 템포 느린 인간이 아니란 걸 알리는 듯했거든
선득해진 기온에선 모두들 거나하게 술 오른 목소리였지
개중 편의점에서 리시버 꽂고 레토르트 식품과 아이스크
림, 탐폰, 팬티, 스타킹 잡다하리만큼 도시에 안성맞춤인 물
건을 들고 나오는 여자들은 우리였었지
우린 서로의 얘기를 상념으로, 취한 군상쯤 서로의 길로,
너끈히 치워버리며 걸었어
행길 은행잎이 구부러진 채 음악 속으로 말려들어가고 사
방 향긋하게 퍼졌지

한 보 한 보 한적하게 거닐며 급기야 강턱을 오르내리는
가을을 만날 수 있었어
  이브 몽탕의 고엽 없이도 우리는 그것만이 기뻐 좋았어
  한때 도시 슬럼 지역이었던 허접스런 골목의 4홉들이 소
주와 막창, 쉬어빠진 김치 냄샐랑은 일절 모른다는 식
  라이브 카페 앞 노변에 파킹을 하고 때때로 HIV를 다룬
시까지도 진기한 현대시로 읊는 중산층 주부들처럼
  도시의 중심부에서 낙후된 기억쯤, 으스대며 여전히 고기
타는 금요일을 비웃었지

  네온 많은 가든 호텔 안쪽보다 더 한층 안쪽일 성싶은 곳
산보하며
  서로에게조차 들릴 리 만무했지만 심장부 깊은 곳에서 쿵
짝 고동치자 당혹스러웠지
  한 번이라도 그 시절을 되돌아보기는커녕 깔끔 떨며 험담
으로 몰아붙이던
  짝꿍 녀석. 그 엄마가 장사를 꾸려나가던 실비집 염통꼬
치와 노랠 만났지 뭐야
  하나같이 시간 지체할 수 없어 조속히 흘러간 음악들
  트로트의 단골 메뉴, 선조뻘인 인생은 완전 사라졌어
  옛 슬럼들을 유형화한 노래는 듣고 싶지 않아,
  이러쿵저러쿵했지만
  갈매기집 쇄도하는 주문의 노래—통근 길목에 들른 넥타

— 이 부대, 텁수룩한 수염의 일용근로자, 저임금자들—조용
히 복창했어
　꺼칠꺼칠한 사면 벽과 썩 어울려 중간 소절마다 끊겼지
　가, 거라, 사람, 아, 세월, 을 따라, 모두가 걸어가는 쓸
쓸, 한 그으 길로
　꺼질 듯 끝까지 불빛 간직하던 칸델라르가 심부에 불을
그었지
　꼬락서니 들킨 듯 내빼며 그러나 여전 백하루째 떠나가는
속절없는 가을날과 우리 귓속 곡절 많은 가요가 차원이 같
은 기온으로 썰렁해졌어

　외형적으로 변화를 일으킬 날들이 충분했던 셈이었나
　네 개의 발과 두 개 그림자로 걸을지언정 완연한 시월에
서 함께 쓸쓸해져 옷깃 여몄네
　날림으로 지어진 실비집 냄새와 노랫가락이
　수대에 걸친 역사의 소용돌이, 근 백여 년도 안 되어 등한
시했던 걸 한순간 속에서 실제로 돌려세웠지
　호텔가 갖은 간판을 번쩍 안아든 성서교회 골목
　심한 일교차 때문에 들입다 부어대는 더운 술판과 그럼 그
렇지 수차 겪었듯
　팬티, 스타킹을 들고 냅다 일상으로 빠져나오는 밤의 아
가씨들을 보았지

—

3부

개인적 고독

루시와 나의 성(性)

이봐요 루시(Lucy)
당신 알아요 담대히 어떻게 벗어날 수 있겠는지요

당신의 스무 살은 350만 년 전 최고원인인 루시. 최고라
는 표현이 최근보다 훨씬 낫다 에티오피아 하다드 사막에
서의 발견이었다면 도마뱀이 기었겠고 선인장 가시에 찔렸
을 거다 조사대 캠프에서 흘렀던 비틀스 곡명을 따왔다니
서너 어절씩 불렀을 노래가 정체성이다 내게 더 다가선 내
이름도 그러하였더라면 때로 비참으로 인생을 노래하진 않
았을 게다

루시가 내 속에서 눈뜬 날
훌쩍훌쩍 울다 지쳤다
밤에 홀로 눈뜨는 조건으로 말고
루시를 생각다가 루시의 위치에 선 것이라고
골치깨나 아프다 않기로 한다
치열한 20세길 겪었든
불모성의 근대 난동부리는 현대를 살든 루시, 알아요
사적이고 내밀한 비하인드 스토리
그의 전화를 받다
나와 관련된 얘긴 쓰지 마
알았어,
그후론 내가 쓰는 세계의 비참은 나 하나뿐인 이야기

난 사막 생물에 손가락 깨물려 으, 피, 하면서도 요란 떨
것 없이 쓱 닦는다 추정되는 원시인의 과장법 따라서 흙고
물을 주워먹는다 아이를 낳는다 사냥 나간다 고의적 혐의
짙단 펑 피하느라 남자 앞 눈물바람 감추는 고심은 없다 내
인생을 노려보며 제발 좀 저리가아! 나로부터 달아나려는
고질병 따위도 없다 없을 거다 유대가 사라지지 않는 우린
여자니까 눈썰미 빠른 당신이라면 벌써 알아챘을
　나 루시가 말이다

　그래, 오늘은 내가 루시다
　오늘도 과거가 되살아나서 그렇다, 라 생각한다면 얼른
　박물관으로 달려가 당신이 광적인 숭배물의 위치에서 당
당하시도록
　오, 한껏 눈물 나올 정도로 해피 데이!

왈츠 추는

환(幻)이 사라졌다

그렇게 뻔히 보이나 잡을 수 없으며 그 자체가 황홀한 햇
빛으로

비보인가 어디로나 가지를 뻗어 휘묻이하던 나

여름 해바라기 밭가에서 줄기를 타고 오른다
끝나가는 가을을 기억하는 나다
시암. 타이의 옛말이었지 너는, 그러니까 지난번 여행지
를 말하고 싶어했다 너는 패배라는 감정에 대해 생각해본
적은 있는가 너는, 열패. 비행기를 타보지 못한 인간이 있
을 수도 있다 혁명도 내전도 이김도 모르는 순하디순한 패
배. 내 이 나일 거다 맑스의 독단까지 너였다 네 표정의 둔화
를 보고 싶지 않았다 그리고 이젠 절대 보지 않는다
너와의 갈등이라는 것은 향일성 같아 까만 해바라기 얼굴
로 굳이 네게 대들었다 이다지도 쇠락한 계절 앞에서야 내
글을 서두만 남기고 하략하고 싶다
낙하하는 이파리이고
싶다

······편지는 접어됐다,

지난번의 생성 소멸 그리고 청사진

시간은 내 혼보다 몸에 잘 어울릴 것이었다
해바라기 얼굴도 까맣게 파먹혔다

영화를 봤다 형제가 나오는. 겨누는 검은 총구. 생명을 앗
는 켄 로치의 〈보리밭을 흔드는 바람〉 시허연 이빨로 드러나
는 바람이라는 밀고자. 무비홀릭. 여기야 여기!
  반역자 말고 연인이 왈츠 추는 영화를 봤다 그렇게. 맘대
로 적고 있었다
  개봉 극장의 얘기 따윈 집어치워! 내 환시 속에서도 넌 내
얘긴 안 듣고 고집불통이다 부아가 터진다
  나는 가을 햇빛의 쉴 자리를 뺐고 발로 짓밟아 끊어냈다
막무가내로 죽은 사랑에 대한 조가다 해바라기를 따라 켝
부러진 몇 오라기 빛. 툭. 툭. 이별의 탄흔
  태양은 폭력적으로 내리쬐며 숨겨 있던 감정을 내게 선
사했다
  태양이 쓱쓱 그려낸 해바라기 밭에 섰다 날 누가 사랑해
갈는지

가속도가 붙는 낙법

  '모든 거인은…… 난쟁이를 전제로 하고, 모든 천재는 완
고한 속물을 전제로 하고, 모든 바다 폭풍은 흙탕물을 전제
로 한다. 앞엣것이 사라지면 뒤엣것이 시작되어, 식탁에 앉
아 긴 다리를 오만하게 뻗는다. 앞엣것은 이 세상이 감당하

기에는 너무 커서 쫓겨나고 만다. 그러나 뒤엣것은 이 세상에 뿌리를 내리고 남는다. 샴페인이 역겨운 뒷맛을 남긴다는 사실, 영웅 카이사르가 어릿광대 옥타비아누스를 뒤에 남겼다는 사실, 나폴레옹 황제가 부르주아 왕 루이 필립을 남겼다는 사실 등에서 그 점을 확인할 수 있다.'

너와 내가 읽던『맑스 평전』의 문구다 앞엣것도 뒤엣것도 아니었던 우린 사실 뭐였을까 넌? 나는?

난 시대에 뒤떨어지고 있었단 사실만을 확인했단 말이다

그렇지 않은가

편지를 봉했다 나는 오늘 누군가를 죽이기로 했고 그게 나이길 바랐다 악력으로 비틀어지는 해바라기와 나 세상을 표현하는 데는 모자람이 많았다

패색 짙은

태양의 콘트라스트, 나도. 극명한 황홀이었다

내 가여운 등신들. 해바라기의 푸른 허파. 풀. 풀물 든 손.

바벨의 애인

그는 칼럼니스트다. 두어 번 만난 어느 날엔가는 에어컨을 등지고 말했다.

―감추고 있는 거 다 알아요. 외롭지 않다 애써 다짐하죠?

―타인이 지옥이라잖아요.

―나 아니면 다 타인 아닌가요.

(―그럼, 타인에서 나를 찾아봐요.)

시세로 따져 실평수 매수하듯이 그의 눈동자를 들여다본다. 물끄러미 거기는 수정떨기만큼 흔들리고 그곳은 햇빛이 화안하다. 찬 공기에 떠밀려 실종되거나 스스로 증발하기까지 난공불락의 요새, 타인의 슬픔에 기대보기로 한다. 시를 쓰기 전 그와의 일이다.

시 속으로 들어왔을 때 그는 고약스럽게도 손등마저 흰 평론가다.

―휴가 다녀오셨어요? 여름 다 지나요.

―전 비 오는 날 건물 안에 있는 게 좋아요.

비 오는 날 실내 분위기 한껏 자아낸 집에는 책과 노니는 그가 있다.

침묵의 합의를 깨뜨리지 않으며 그와 그녀는 Lighthouse Family의 Ain't No Sunshine (When She's Gone)……을 듣는다. 그녀는 계속 떠난다. 잊지 않으려 하는 이미지. 발 디디면 바닥이 그녀를 삼킬 거라는 식의 방식. 발은 귀의 상사기관이 되려나보다. 옮겨 디딜 수 없는 질펀한 소란스러움에 젖어 다른 목소리는 퍼져나가지 않고 옛 건물의 공간에 갇혀 웅성거린다. 오직 그녀만이 그의 목소리 뒤로 하염없이 떠날 뿐이다.

　—아이, 춰 춥지 않아요. 비 오는데 웬 에어컨 이리 틀죠?
　—뭐라고 할까. 비 그친 뒤 부는 2월의 바람… 밖이 안으로 든 것 같은.
　—왜, 내가 심연을 들여다볼 때 심연도 날 들여다본다잖아요.
　—마주본다는 거군요. 에이춰!
　목구멍에서 힝 치받치는 걸 휘어 안으로 당기며 그를 들여다본다. 말이 닿기도 전 이미 인중 짚은 채 그의 애인을 떠올리고 있다. 어느 쪽에서 오든 모든 말은 타인의 것이다.

　양가적 감정이다. 읊조리는 허밍으로써 짐짓 모르는 척 그의 마음을 불러볼까? 애인을 한차례 비오는 이곳에서 떠나게 만들까?
　마음먹은 사이 찬 공기에 그가 움칫 어깨를 떤다. 그그그그— 확장된 노랫소리가 CD에서 튕겨오른다. 바라마지않던 여자의 눈꺼풀이, 콧망울이, 목젖이 몸에서 잔물결친다. 입술까지 차오르는 한결 생동감 띤 와인빛으로 계절은 바뀌고 그그그그그— 들킬까봐 반복 재생되는 그는 오직 내 입술에서만 머물 것이다. 짧고, 화끈하게　—
And I know, I know, I know, I know—
나 나가고 내 속에 맨몸으로 그가 들어온다.

　평생 뚫어지게 쳐다봐도 비에 젖어 걷는 여자의 알 수 없는 마음이 있다. 젖은 자는 비를 두려워하지 않는다는 격언. 바벨탑의 형해(形骸)처럼 넓고 판판한 말을 쌓아올린다.
　나는 못된 애인일 소지가 있다.

자화상

앞질러 말하자면, 진즉 망망대해 외로운 고래 뱃속이 속절없이 내가 삼켜질 자리인 줄 알고 있었다.

저녁나절 선잠 들었다. 심연은 문짝 열린 방처럼 퍼런 인광을 반쯤 가렸고 난데없이 파도가 잠자지 않는 바닷소리다. 허공 감아들던 커튼이 허연 배를 까뒤집고 흐무러지는 순간, 고래 울음을 토해놓았다. 물이 익히 살던 곳인 양 어째 얕아만 보이고 물고기 몇이 지나가는 성싶었다. 물구나무 서는 애인도 보여 윙크했다. 애인은, 벗은, 사랑하는 친구다. 자주 오갔으면 했다. 식구는? 여긴 어딘가? 애인이 입술모양 똥그랗게 물어도 건성으로 반문하며 눈알 말똥거렸다. 뽀골뽀골. 의성어류가 떠다녔다. 보드랍고 향기로운 물살이 체외수정하듯 온몸을 건드렸다. 도처에 난만한 바다꽃들이 내달렸다. 수백의 물방울이 열리고 닫혔다. 감각과 현실이 은밀히 서로를 흘렸다. 감질나는 꿈이다. 나는 침범당했다.

잠의 연속으로부터 도망쳐 나오면서도, 깰까봐 조마조마하였다. 고작 헤어진 하룻밤 지나 잠이 다 달아났다. 시간은 바다처럼 안중에도 없다는 듯 자기 궤도만 달리고 물풀줄기마냥 피곤하였다. 물 한 바가질 흡수하여 몸살나게 오스스하면서도 입맛이 없어서다. 괜한 계절병을 탓하였다. 딱 하나 꼽아서, 별이 휠 때 반짝반짝 얼굴 씻어오던 애인 때문이라고는 절대 말하지 않았다. 그러니, 이 퍼내도 퍼내

도 범람하는 거짓말의 형상이란. 거짓말이 형편없어졌지만 ⎯
피노키오처럼 심각한 망상허언증이다. 비아냥 마라. 제 말
에 갇혀봐라.

네펜테스믹스타*

이중 격리된 오블로모프적 일상이다
무기력, 나태로 생기 잃은 나머지 몸이 남아나지 않은지
도 모른 채
만사 원만이라며 이름뿐인 자신과 창을 젖힌다
열기와 함께 심심한 오후 풍광이 빙그르르 몇 분 안 돼 안
을 파고든다
앞뒤 분간할 틈조차 없다
자연이란 이름은 생존을 기만한 자에겐 무시무시한 무소
불위 채찍
찌쯔쯔쯔 젖은 땅에서 소생한 매미
소리 감아쥐며 지난날 영혼을 생생히 되살린다
똑 한번 내 안 바뀌는 기척을 보고 싶어, 예전의 교감에
젖는 그녀
바꿔 말하자면 하루아침에 식육식물 자체랄까, 그렇다
그때 그를 외면하고 자신을 힐책하며 떠난 모습이 여태껏
내면에 붙박여 있다

저승까지도 가져가야 한다
안이하게 접근할 수 없는 장애물은 흐트러짐이 없는 법
그러니 누구도 그와 같은 변신 않으리 둘의 어떤 심정인
셈이다
숨막히게 밀폐된 공간이 열병에 들뜬 자의 성감대처럼 뜨
겁다

자빠지지 않도록 동여맨 공기 같다
생존에 맞먹는 장, 땀내가 콧등을 때린다
몸짓에 의해 내부로 전달된 냄새다
—유전암호(genetic code)상 매미는 귀청 찌르는 소리 적
나라할수록 구애에 유리하대 사랑하다 죽어버릴 듯이
매미가 나무의 급소를 노린 꼴로 허릴 다리 새에 끼우고
가무잡잡 탄 등골 솟구친 그때부터, 그렇다

없앨 방도가 없는
(몸의 주인이 엄연히 그 자신인 이상 전혀 관계없을 수
없으므로)
완전한 합일을 본 순간부터 개인적 고독이란 실체가 진저
리쳐질 만큼 그녀는 무섭다
때마침 세차게 지는 꽃을 안에서 본다

* 식충식물. 곤충이나 작은 동물을 항아리 모양 잎 속으로 유인해 잡
아먹는다.

어제의 세계

대화 도중 너에게서 발가벗겨진 나를, 설렘에 들떠 드러나는 그러나 지금은 미끄덩 빠져나간 목소리를 들었다

그대 그대로 통화를 끊고 앉았노라면 엄청난 파장에 막무가내로 어안이 벙벙하고 그것이 공기로 떠돎을 알게 된다는 것이다 따라서 그대, 나를 느끼려거든 앞으로가 아니라 통화가 끊긴 종착 지점으로 눈길 돌려보시길

시집을 낸다고 뭐가 달라지냐고요 글쎄 하여간 기뻐요 동생뻘 나인 것이다

시집과 화집을 공유할 사람을 찾기도 하여 이젠 서른 이전의 그 가정법을 공유하는 나다 이프 If 난 여기서 머문 듯 무한정 늘어나는 가정적 진술 내가 너라면

가정으로 남의 살을 째고 장기를 파헤쳐 나의 심정을 들여다보기 때문에 봉합의 고통도 혼자여야 한다는 것 환자이자 의사인. 나는 나와 동일자인가

니콜레타 토마스의 〈훔쳐보기 II〉 혼합 미디어/캔버스 70x50cm(〈Peeping II〉 Mixed media/Canvas 70x50cm). 파란색을 뒤집어쓴 정면상을 보며 통화중이었다 훔쳐보기에 집중하다 물의 인어 같다, 라는 말이 통화에서 툭 튀어나올

뻔했다 반인반수. 아득한 옛날에 반쪽 영혼을 찾아 떠나고 싶었다 영혼을 바칠게요 그대! 몽마르트르 예술 거리의 동상을 동경하기도 했다 어느 나이쯤엔가 난 여긴데 넌 거기 동심을 가지고 사니 오, 지긋지긋 내가 더 싫어지기 전에 물을 찢어발겨서라도 성인을 살아내리라 이런 바보 같은 노릇이 어딨나! 나

아침나절 시집을 발간한다는 다소 기쁨에 들뜬 네 이야기를 듣고 서른이라는 인생의 시기를 설흔으로 읽었다 날짜를 셈해 오늘을 알았다

나의 훔쳐보기 〈일인칭도 이인칭도 아닌 나 II〉 앞에서 뒤에서부터 읽어도 같은 데칼코마니 기법으로 그려도 되겠다 모든 것의 결말이자 시작 그 강한 염원의 집결력은 시간이다

인어. 동심이 물거품처럼 사라지는 날 한 인종도 완전히 말살되리라 이미 가버리고 없는 세월에 대해 자꾸 말하니 어제의 세계가 귀여워졌다 나보다 어려졌다

그래, 그래, 그때가 성하였어

들끓는 짧은 동안, 성하(盛夏)
그 여름 앓은 나 이제
그 여자 눈동자에 그가 담기는 것이 싫었다는 것과
그 어느 날엔간 이별과 쌍생아처럼 닮은 사랑에, 노예로
그만큼만 내가 옮겨지리라는 야릇한 불길함이 있었음을
말한다
그때부터 주파수가 그에게로만 무성히 자라 넓적한 잎사
귀 뻗고 나풀거린다

사랑이 상상이라면 상상… 할 수 있겠어? 밤새 말이지
상체 안아올리는 생명체의 실감으로 태양이 돌아오고 에
게 해 뱃속 깊이깊이에서 뱃구레 박차고 올라 노골적으로
피부에 와 박는 그
모르겠니?
내가 뒷골목 허름한 서점에서 발견한 것은 오르한 파묵의
『하얀 성』, 성스런 거기 한눈팔다 오토바이에 치였지 모두
들 서둘러 사원에 가려던 참이었네 부활을 꿈꾸는 나무 밑
동들. 표면 가득 무르익은 청포도 송이
현현하는 신을 접하려다 마찰 빚은 나와 그. 다리 앞에서
무너진 거야
하스피틀… 하스피틀… 줄가리 갈라 튼 피부. 땅에 허리
굽힌. 그로 인해 일순간 내부에 검은 뿌리 복류하는 시간.
하스피틀. 그 말 외엔 모르겠단 눈빛이, 스스로에게 하는 부

드러운 원망이, 유일신의 대신하는 사랑 같았네 괜찮아… ⁻
내면의 손 뻗어 등 두드릴밖에

　아… 아임… 소리… 그가 부복 자세인 채 전율케 할 말을
터뜨렸지 응급 환자 같은 갈급이 날 덮쳤어 갈라선 그로부
터 듣고 싶던 말을 실성한 듯 듣고 있었어 아임 소리… 아
임 소리… 앞에서 이미 그와 난 거역할 수 없는 한몸이었어

　혼신의 힘 다한 태양이 졌지

　사랑이 상상이라면 상상… 할 수 있겠어?

　고정되어 수신만 하는 소통이란 없는 거야

　작열하는 태양 감촉을 불러들여 이 여름 나는 나뭇잎 큰
귀 꽂고 02시 20분 다이얼 돌린다

　일단 들리니? 나의 광석라디오 메가헤르츠(MHz)…

그때 내가 당신을 더이상 꿈꿀 수 없을 때

그때 내가 더이상 당신을 꿈꿀 수 없을 땐 국물 묻은 제
일기를 들려주겠어요 나만이 소장한 두 사람의 사랑에 관한
책 실은 채워넣었으나 무얼 적어도 공란 같던 매일을, 그때
내가 더이상 당신을 꿈꿀 수 없을 때 나를 작파하여 사랑했
던 책을 몸 팔듯 잊고 끼니를 떠먹을 때마다 밥알이 식도를
타고 위장을 타내려가는 당연한 주중의 요일들일 때 게다
내 특별한 당신까지 좀 또 잊은 듯해 용기(容器)에 얼굴 박
고 울고 싶을 때 당연시되는 남남으로 그리 사랑의 명줄이
끊겼을 때 저의 나날을 좀 알려주겠어요 실은 무얼 넣어도
창자가 달라붙던 공복의 그날을,

저지난밤 꿈에 실은 저지난해 허물어진 백반집에 갔어요
이별의 근린에서 멸치 육수를 마셨어요 시원하게 뽑아낸 육
수가 나도 당신에게 해먹이고 싶은 맛이어서 꺼이꺼이 울
었어요 황량한 풍경 속 폐허를 따라 걷는 행인을 봤나요 애
인에게 매달려 줍쇼, 하는 걸인처럼 동냥을 해 사랑하는 여
잘 봤나요 그 여자가 나예요 이 세상의 멸시 같은 건 안중
에도 없는 걸까요 몇 차례 울궈먹는 얘기여도 그리 말할래
요 당신은 공히 한 세월을 이어가던 내 일기 같았어요 먼
저 사랑한 건 그였나요 혹은 나였나요 혹은 꿈에도 몰랐던
내 꿈이었나요 근심의 실꾸리가 풀리고 당신의 온기가 채
워진 무렵이었나요 무엇인가요 무엇인가요 무엇인가요 남
겨두고 떠난 적산가옥 몸 한 채로 살아지게 하는 건 누구인

가요 차마 주저앉을세라 갈 수도 올 수도 없이 살아지게 하 ―
는 건 누구인가요

  내 오랜 서적에서 내쳐 잤던가, 속알 창시 적는 노릇도 그
만했음 좋겠네 아아, 당신 야박스레 예삿일로 넘긴 일 그러
나 난 한때 식음을 전폐한 일 그러고서도 결별 못 한 나와
내 이별 일

―

새먼핑크(salmon pink), 우리는 누구나의 연인

오래전부터 사랑 서적을 고르던 내가 첫 연시집을 사버리자 그녀가 물었네 이별에서 기억이 돌아오니 어때 어때, 다소 방어적인 자세로 답하고 싶었지만 기억이 돌아온다는 건 어떤 거야, 라는 답변으론 어떤 거야, 가 맞는 거다 세상의 이목에 신경쓰지 않으려 말해주었네

섬세한 손동작이 몸을 옮겨다니다 기분 좋게 전신이 비등하여 끓지 수음하듯 나마저 끌어안는 거지 외설스럽지도 않아 맹세코 다시 나라는 건 치렁한 고독으로 아름답지 나라는 하나로 이어가면서 흩어졌다 모여 모두 새로 탄생하거든 그런데 내 속으로 낳은 탄생은 왜 속 훤히 아파 서늘한 걸까

더듬적대며 묻고 계면쩍었을 너도 문득 고요해졌다

하, 늦여름 우리의 작별 못미처에서였다 언제나처럼 바람 센 풍경은 사람들 표정을 잡숫고 너와 나는 저녁으로 자반 연어 한 조각 집어삼켰네 잠시 스쳐지나는 인상들로 남아주기 위해 그림자 긴 가로수는 발걸음 참아주었네

아, 살점 도려내듯 한사코 날 떨치려던 그여서 그래설까 작별 키스 한 입속엔 퍼들대다 남겨진 내 붉은 살점! 초연해야 하는데 입꼬리에 잔뜩 힘준 나에게선 내 속을 뭉텅 떼인 여름날이 보인다 다신 실연되지 않을 연애시를 추억의 찌끼

를 맛본 눈물 비린내 난다

　그런데 소금 엉기어 절궈진 상처는 얼마나 쓰릴까 뭐 세
라 비(C'est la vie) 그게 인생의 맛? 시절 같은 거, 한 끼 때
우는 기분이었음 좋겠어 어린아이 때 무작정 도망치고 싶던
거 기억하니? 부르짖어 세월에게 대답 달랄 순 더더욱 없기
에 너의 입속까지 떠맡아서 세월아, 내 슬픈 연인아

프로필

아주 드물긴 하지만 사람이 뛰어드는 것이 아니라 최고 풍속 52.4m/s 바다가 먼발치서부터 빨려들어오기도 한다

배경이 사람 안에 자리잡는 것은 비정을 재현하는 일

오전날 저녁때부터 싹 가시던 입맛에 대해 눈앞의 바다가 아니라 없는 것들이 임의로 동행했기 때문이라는 이유에 대해 여자는 생각지 않는다

애태워 못 견디게 파도가 적셔진들 가슴 복판 일인데 끼악 끼악 새중중(重重) 울고

쪼그맣고 밉살스럽지 않게 움직이는 갯것들도 실은 눈 딱 부릅뜬 참관으로 여자의 이력을 완성하고 있다

벌이가 수월치 않아 끝장난 백사장 성업이야 어쩌되건 사랑을 밥으로 삼은 얘길 하던 여자

백목질이 눈으로 확인할 수 있는 폐허같이만 밟혀 맨발 아픈 날

사랑의 동류로 속속 도착하는 겨울 파도와 격분에 찬 여자의 중얼거림—이별. 워낙 추상 어휘다! 그렇지 않은가? 그러니 실상을 정밀하게 들여다보라. 바수어진 나무껍질, 196X산 코발트색 빈병, 눌려 짜부라진 담뱃갑, 오, 조가비 폐물 등속의 꼭 갑절쯤 되는 이 세상 마지막 남을 흉허물. 어쩜,

오려둔 사진까지. 슬쩍해버려, 약탈해버려, 그깟 것은 쓰레 ⎯
기라 해야겠다 그래—이별 (제발! 그만해 철썩— 같이 믿었
다 그건 니 생각이고 죽일 놈이 발끝을 붙들어)
    급기야 입술까지 당기어 이빨을 드러내게 한다

    바다가 여자 하나로 자신을 피력하려 한다 사진을 찢는 동
안에도 여자는 그걸 모른다

겨울 혼선

그 얘기는 내선으로 각자에게 설치되어 있어 절대 누구도 모른다는 걸 밝혀두죠 원칙대로 할 수밖에 없어요 굶아떨어진 겨울잠에서 나는 물었어요 다음에는 누구 차례입니까 내 차례가 아닙니까 겨울, 봄, 여름, 갈데없이 또 겨울, 봄 그럼에도 불구하고 알지 못하는 사물의 군더더기 다 떼어버린 골자 저 구름, 바람. 그렇게 그대 즐거운 일도 있습니다만, 선택을 강요당할지도 몰라요 영혼이 있다는 영장류의 이야기, 죽음이 눈떴던 어느 하루를 알아챈다면

그는 나에게 절망이었는지도

예? 제가? 아, 글쎄? 그렇습니까 분명? 그리 말씀드렸던가요? 달리 말하자면, 영혼의 반려란 그인 것이다 부질없는 영혼론. 내 지난날 변명과 매한가지라 했잖아요 심히 불행한 현상 아닐 수 없어요

민주적 유용한 발상으로는 여기는 한갓 벚나무와 내 인생 철저히 따져본다면 그렇습니다 내 딴에는 기억에 집중하며, 그 기억으로써 삽니다만 빠뜨린 게 없나 생각을 홱 뒤집다가 내주에 이달에 금년에 몇 갑절 곱해진 산곡의 나무뿌리 내어놓듯이 땅내 나는 생명과 나이를 할당받은 날 봐요

버찌는 울긋불긋 다하고 숫제 차가도록 익어 떨어졌어요

멀리하려 하였으나 봄의 연인들은 무자비하게 가까이로 와
내 전부를, 절반의 근사치도, 다 모르며 지나칩니다 분풀이
로 고래고래 악써봐도 아지랑이처럼 감이 먼가봅니다 비관
적인 적신호로만 계절을 부수고 괴어오르는 열기, 북적이
는 인파 날 없는 이 취급하므로 시름겨웠습니다 허나 나는
접시를 고쳐안듯 희망의 가슴팍에 버찌를 품었어요 봄에는
말입니다 다만 저는 있지 않으렵니다 나마저 봄인 기적으
로 보려 합니다

연애가 연애를 할 때

연애란 영화 아니겠어요 당연 여자가 근사한 용모의 남자
에게 내동댕이쳐지죠
　남자는 무엇보다 인간미가 넘쳤습니다
　나는 말예요 여자가 그만을 바라볼 때 남자는 주위를 살
피는
　그걸 보고 울음 터뜨렸어요 사랑을 이룰 순 없다는 것도
틀림없다 여겼죠
　여자가 하도 바보 같아 내가 연애에 다 뛰어들고 싶었습
니다
　흰 시트에 몸 누인 여자를 도꼬마리 풀섶으로 끌고 가
　단추가 끌러지도록 왕창 패주고 싶었다고요
　그러다가 말았습니다

　거기 공간에 살지 못해서가 아니라, 별안간 버려진
　여자를 이미 걷어들여 살리고 있으니까요
　액면 그대로 보라곤 마세요
　너무 심원하다거나 심취했다고도 마세요
　당신이 남의 형편을 몰라 하는 애깁니다
　오래 지연되어 모를 당신, 후일 미안한 마음일 것 같거든
　실없는 미소로만 말고 이후 제게 알려줘요 어서 투욱— 툭
벗어버려요
　나는 계속 사랑하면서 영화를 봤고 도꼬마리가 달라붙은
지도 몰랐거든요

얄궂은 그게, 사실이 아니라면 그건 사랑이 아니어서겠죠 ⎯

⎯

초록별의 전설

가령 말이지 개는 첫 주인을 잊지 않는대 라이카는 무지
슬펐을 거야
내가 이런 얘기를 들려주면
이 말에 골몰하는 사람이 내가 생각하는 시인
시인을 생각하자 낙인찍듯 입맞추었다 살짝 떨어져나가
는 영혼
내가 생각하는 시인은 개를 생각하자 내 안에 공백이 생겨
내가 생각하는 시인은 개의 영혼이 못 잊는 사람은 누굴
까, 이런 물음을 남기는 사람
동물은 영혼이 없다고 믿는 그에게
지속적으로 타오르는 영혼이 눈에 보여요 따져묻고 싶
은 날

그런데 내가 바라는 것은 말야 정말은 그게 아녔네
내가 이별이란 단어에 입이 닿은 그때부터 속속들이 도착
한 이별의 말들
유기견, 라이카, 버려짐, 영혼, 반려, 동반자, 탄생⋯⋯
죽음
그리하여 어느 날부턴가 알게 되었네
정말은 줄곧 개의 흰 등 안쪽 푸른 영혼으로 눕고 싶단 거
였단 걸
나른하고 헤어나오기 힘든 오수처럼

그만 아주 평화롭게 쉬고 싶었어요
언젠가의 예전
이젠 기억에 없다 하여도
안 잊히는 최초의 동반자가
어디까지인가 보려고
내가 다
아스라이

그때 훌쩍 무한한 하늘 너머로 휘이며 떠가는
스푸트니크 2호

양초의 기원

뜨거운 유황이 흐른다
양초만을 유일한 광원으로 해서 펼쳐 보이는 지구다
양초를 감싸는 둥근 테로 빚은 어둠을 균등하게 비추며
희미한 공상 속으로 녹아들어간다
밤 깊어 어느 순간 몽상가를 만들어낸다
촛농과의 투명한 중첩, 일순간 정수리가 뜨겁다
화석화된 내 상념이 녹아내린 냄새다 빙빙 돈다는 걸 느
낄 수 있다
양손을 펴 그림자놀이를 해보자
저 인망 같은 신경이 일억 년 전인 파충류의 시대로 거슬
러간다

잠자리 환상의 날개를 편 손이 점점 역진화해간다
지금 양초는 변온동물
심지 근처는 끓어 뜨거움을 노출시키고
흘러내린 촛농은 체온이 급강하해 곧바로 기암괴석처럼
얼어붙는다
돌이켜보면 뭔가 간구와 기원의 느낌을 자아내는 양초는
그 분위기에 싸여 늘 어둡다

코페르니쿠스적 전환인가
분명 양초가 책을 펼쳐들게 하고
인간을 위해 적합한 방식으로 밤을 알려주리라 생각한

아둔한 여자가 되어 있다 나는 허술한 공간에서
그림자가 진실을 왜곡했다는 걸 오늘에야 알았다
이억 오천만 년 전인 양서류도
오억 년 전 다세포 생물의 출현도 혼자 감당할 몫이다
창문에 툭, 툭, 어른거린 그림자의 본질, 날 찾아 말 거는
사람은 없다

하나의 목표 그걸 위해 자신의 몸을 변형시킬 수 있다면
날 완벽하게 녹여내 사십육억 년 전 맨 처음 암석 덩이를
형성했을 터
그러나 아직은 초록빛의 일렁임이다
삼십오억 년 전 희박한 산소로 충만한 초록빛,
가이아 같다
양초가 방산충 빛이 가득찬 방에서
깊은 지식의 바다 속으로 몸을 숨긴다
기다림을 들춰볼 때마다 늘였다 줄였다
눈 깜짝할 만큼 짧은 몇만 년쯤, 혼자 끈다 훅—

4부

비극적인, 혈육 같은,

당신이 옆에 없는 포도밭 반나절

영리하게도 비 긋자 때깔 좋은 포도는
물거울에 저를 비추이고는 이름을 가진다
이건 과일이다 세잔 화풍이군
예부터 나는 대륙산 태양의 후예였지 흙으로 빚어올린 귀
였어
귓속으로 흘러든 소리는 산지 일색이었어
미스트랄 치명적 바람도, 매혹적 달빛 라인의 여름밤도
느꼈지
어떤 날엔 조용히 나조차 이천오백여 개 별로 느꼈지
더 너른 우주가 알고 싶어 울듯이 간청을 했지
수만 헥타르 휩쓴 근성일세 베도 베도 뿌리박혀 자라나
는 마음일세
과수원에서부터 종아리 알 타도록 타원궤도를 넓히던 포
도송이가
불볕 큰 힘을 제 몸에 내장하여 코끝 델 정도로 뜨거운 향
기 내뿜더니
급기야 공동 운명체에서 모반이다 막가는 정치와 한판쯤
은 못 되어도 드라마틱 엔딩
작별을 향해 수직 행차시다 뚝.
저를 천연으로 몰아넣은 거지
성질머리로 태양을 오래 들이받아버리다가 현재를 제압
해 흡, 한 방
본때를 보여주리 멋지게 저질러 한 알 또

어쩜 좋아, 그리 열 낼 일은 아니야 당연한 수순이거든
자진들 해도 공생
삶을 수긍한 제철 포도의 과거와 현재 내 혀가 하나가 된
거지

온갖 두서없는 이야기를 무어라 더 할꼬
가만 통나무가 왜 움직이지
네가 옆에 없는 포도밭 반나절
내부에서는 이런 반응이 목책으로 가로놓이고 하루도 거
르지 않고
삭아가는 낡은 목의자에서 포도처럼만 대롱거려도 네가
오지 않으니
저주를 퍼붓는 마음 고쳐먹기 전 너어 더 후에 나타나면
정말 죽는다

기브 미 더 머니

양지바른 사원 옛터 금간 담벼락,
언니에게 안긴 아가가 웃고 동생도 예까지 따라와 웃었다.

우린 호젓한 터키 여행 행락객이었고요. 담벼락 너머, 동생 안은 이국 소녀를 봤지요. 양회로 싸 바른 담벼락 아무 곳에서나 치마를 걷고 나는 나이 터울진 동생에게 미끄러지며 소녀는 아가와 미끄럼 타고 놀았죠. 날 이슥토록 흥미진진해 아차, 그만 빠이! 손 흔들었죠. 그때 입술 꼭 깨물고 품삯 달라는 손이. 차마 그 일은 일어났죠. 기브미머니. 못 알아들은 줄 알고 공들여 다시 한번 기브. 미. 머니. 또박또박 힘주어 말할 때, 그제서 까진 무릎이며, 아직은 작고 몰캉할, 홍시 같을 일곱 살 여아의 국부라든가 그걸 가리고 덮은 무릎 기장보다 한 뼘이나 짧아 더 슬퍼 보이는 물 빠진 남빛 원피스, 간신히 곧추세운 허리와 갓 돌의 동생 무게를 봤지요. 엉터리 영어로도 히히덕거리며 놀다가 도무지 생소한 내 입술과 수습할 수 없이 엎질러진 허연 멀국 같은 표정과 조금씩 혀 꼬부라지며 목젖 밑으로 한 숟갈 뒤엉킨 말의 정지를 봤지요.

내 입에서 빚어졌을 영문 모를 발음보다 더 켕기는
이 저녁이 모조리 어두워졌으면.
어쩐지 말 없는 동생들이 펼 조막손이 더 있다는 듯
언니를 국솥보다 까만 눈망울로 쳐다보지 말아주었으면.

때맞춘 엄마가 보자마자 안데르센보다 더 희망인 오, 아
가, 타이르는
　머 그런, 따순 결말로
　끝내주었으면.
　그러면 엄마 살점을 꼬집으면서 울 엄마, 왜 늦게 왔어 오
늘은 더 먼 나라 언닐 만났단 말야.
　소녀도 모국어로 코언저리 붉힌 응석부릴 거라고.

　난 왜 귀머거리 시늉에 진땀나
　어어어— 끄덕이는지.
　유창한 가이드가 목을 내리눌러 그만 얼른! 외국인으로
귀국해라,
　명령했다는 듯이. 그런 힘 실린 어법만 또렷이 알아들었
다는 듯이.

　그게 머 그리 먼 옛날도 아니건만
　느닷없어서
　불쑥 겉늙어버린 나는. 흠칫 소리 난 쪽을 돌아보면서.

그 모(母)와 딸

　어머니 몸에서 물방울 하나 떨어졌다 귓속으로 흘러들었
다 또옥, 소리를 뜻하는 인도 말은 라가(raga)라 했다 색이
라 했다 그때 나는 어이 색을 본 것일까

　너는 초파일생이니 부처님을 반드시 뵙거라 그걸 믿는 어
리숙함으로 목욕물을 받고 김이 무럭 오르는 물바가지 등짝
에 끼얹었다 물방울을 덮어쓰고 웅 귀가 고요를 통과시켰다
온몸이 크나큰 물방울에 이르고자 함인가 나는 눈자위 펑
젖어 산도에서 몸을 뺐듯이 욕탕으로 미끄러졌다 모두가 하
나이던 공동 시설에서 다시 텅 비어야 할 나처럼 동떨어졌
다 눈 귀 코 혀여 몸 마음아 육근(六根)이여 감각이 떨어져
나갔다 물살이 가슴을 가르니 너덧 마리 물고기가 퍼덕거렸
다 나를 자꾸 혼미한 시간으로 방출시켰다 물은 온통 희었
다 온몸이 공명했다 괜스레 서글퍼졌다

　이봐요 게 섰지 말아요
　맘 상했나 헤매 울었었나

　이봐요 이봐요 수유의 입구에서 자애로운 자가 현실감을
더해주었다 내 생각이었다 실로 방대한 연못수이나 아무것
아닌 수련마냥 피웠다

　붕 뜬 부유감이다 쓰러져 희야, 소리만 들었음이니 십여

112

일간 빛처럼 하얬다 분명 울음소리 희리라 생때같은 목숨 구 ─
해내었다는 여자, 모(母)였다 당신, 여태 울고 있는 것인가
무(無)였다 색 없음이다 허나 나로선 알 길 없었다 없다 그
이후로도 거센 물살 닮은 세상과의 사투다

  아야, 이젠 괜찮다 괜찮다 이런 말로 때웠던 것이나, 괜
찮다는 약발 떨어진 역설로 숨이 틔리라 알몸보다 부끄러
운 옷을 입고라도 스르륵 빠져나갈 일이다 이야말로 네 살
의 물에서 나와 입을 연다 동안근이 퇴화된 당신은 지금 목
욕중이다

동지

언 나라 공공씨 말썽쟁이 아가 뭣 땀신지 동짓날 죽어부
러 음매 역질 구신이 되었다구만, 생전에 빨간 팥을 무스워
해싸서 으째야 쓰까 동짓날 팥죽을 멕인께 역귀가 싹 물러
갔으라
무쟈게 추운 겨울 싸개단추를 꿰매며 이런 말을 들려준 사
람은 호랑이 같던 할머니다
할머니는 생전에 잘생겼거니와 걸걸한 목소리에 훤칠한
장신이었다

팥을 삶는 집으로 폭설 하늘이 막 쏟아진다
향년 80세 전라북도 여자 박순래(朴順來), 남쪽 지방 억양
이 섞여 말투는 거칠었지만
팥을 고아 쑤는 동안 속으로는 한결 순해져서
22년생 방년의 젊은 새악시처럼 얄포름한 그 입술이 더더
욱 빨개 보였다
그녀가 살아생전 지밀한 애인 관계를 가졌음 했다
살(生)이 희고 고운 청상과부 말고 팥물색 속살 주름 빠
알간.
새알심이 내가 여읜 동심인 듯 참을성 없이 팔팔 끓었다
솟는다
24절후 스물두번째 절기에 가위표를 그어버리고
자색 보료만 남아 있는 나날을 뚫어버리는 그날이 오기만
고대하고 고대하였다

단 한 가짓수 동치미와 팥죽만으로도 만 가지 동침을 하
는 사랑
　날이 춥고 밤이 길어 호랑이도 교미한다는 날
　느이 새 할아버지를 어떻코롬 만났냐면으로 시작하는 살
(生)이
　하숙을 쳤다고 소문이 난 듯 요란스러이 들리는 밤, 만신
이 아프다

　무쇠 난로 숯불이 산짐승 눈알마냥 어슬렁거리며 들어와
서는 왕성한 생명력으로 이글이글 피기 시작하고 급기야 산
사내가 되어
　이리 빨리 완쾌하셨으니 이제. 치하를 한다
　침노한 할머니가 심심찮게 뱉은 말, 속히 나가시오
　사람에게 들러붙는 사랑도 꼼짝없이 앓다가 죽게 만드는
역질 귀신이다
　병수발 음식도 못 넘기기 전에 환청이 들려 시골로 돌아
가시게 손쓰기 전에
　추근추근 캐물어서라도 안색을 살펴야 했다
　용케도 내쳤지만 말이다, 손님을 들이면 안 되나요
　그리고 이젠 낮이 가장 짧고 밤이 가장 길다는 동지를 그
녀도 나도 챙기지 않는다
　때 이른 폭설쯤부터 매일같이 만나던 두 사람이 요즘 들
어 만남이 성기다

—   그러다가 바느질로 이어지는 민간 신화

  왕과 같은 존재에 의해 장단 맞추며 신명나던 이야기가 뚝 지상의 눈발도 그쳤다

  멕일 사람도 없는 팥죽을 팔팔 끓이는 동안 여자아이의 호기심이 동해서 오래 들여다보면

  짙어지는 새알심이 분명 팔팔하게 움직이는 남정네 그 앞자락에 매달린 것으로

  병마에도 동지 밤을 꿰매는 빠알간 호랑이 눈알로도 보인다

  이 빠진 투가리 팥죽 속 눈발이 날리고 도심까지 내려온 새끼 호랑이가 먹성으로 코를 벌름거린다

  저기, 여쭙습니다

—

다음달에 성에 눈떠?

다만 꽤 나중 일인데
다음달에 눈뜨나요
뜨끔해서 눈을 휘둥그렇게 뜰 만큼 점점 선명해지죠?
돌연 날아들어오는 행방을 모르시겠다구요
조금 두려운 기분도 듭니다만 갖고 싶습니다
변변치 못한 소리를 내며
눈도 못 뜨던 것이 수줍음 빼던 애인처럼
토라진 채 눈을 양 갈래로 찢고요 어리광을 받아주는 끙
차, 를 하자, 핫, 성가셔요
타박해봤자 뜨거워지는 몸을 모를 수 없었습니다

오 개월부터는 언뜻 성에 눈을 뜬다는군요
어쩌나요 뜻밖에 쉽게 들키는 고양이의 발정과 지난여름
열대야가
성향이 다른 우리를 일찌감치 포개어 덮쳤는데 말이죠
의사가 미소를 머금고 조심하라고 하지 뭡니까
눈독들이지 말래

듬뿍 사랑받는 느낌

오래된 사랑처럼 흘러가다

저녁나절 마당가에서 살뜰히 그릇 부시고
할머니가 한 상 차려주는 고봉밥, 잘도 넘어간다
이파리도 간밤 젖었는지 텃밭에서 갓 딴 자연은 제법 잎
이 넓다
홀로된 이모는 공판장 나가 늦도록 돌아오지 않고
잠귀 밝은 내가 깰까 살그머니 발끝 들고 나가는 할머니
불빛 터진 반딧불 앞에 모두고
긴 밤을 담배로 태우면서 누는 오줌 소리가
마루를 빠져나가 축축한 달빛으로 넘실거린다
그런 밤엔 이불 깊숙이 코를 싸쥐고 잠들었는데
이 밤, 텅 빈 달은 선뜻 이물을 불러모으는 무엇인지
담배 연기를 따라 누런 오줌 줄기가 달무리가 되어 흐르
다가
내(川) 좋은 토담집 마당 휩싸고, 접시꽃을 무더기로 깨뜨
리고, 수세미를 적셔 나무 밑 반딧불로 흘렀으리
잠에 입을 바투 대고는 얼마만인지 모르겠다 이 불면의 밤
을 벗어버리는 것이
숨 고르고 오래된 부부처럼 누워보니 오래오래 풀어내어
이러고만 싶은 자리다
혼잣소리로 잠꼬대를 푸는 밤
사람의 품에서 따스한 보살핌을 받은 밤처럼 반수(半睡)
로 흘러들리
이토록 깊숙하고 이윽히 볼일 보던 여자들 어쩌면 들고나

118

던 제 속에 달빛 받아왔으리

　잠을 풀 수 있는 광대한 시간이 내내 쓸쓸하여라
　그 달빛, 산지사방 스며 흙벽에 입힌 벽지 누렇게 발리고
　휘이휘이 잠 끝에 감겨오던 달빛도 할머니도 할머니의 딸
형제들도 언제까지고
　이어가고 싶은 무리처럼 스을쩍 제 속을 양보했으리
　저 지층의 한 바닥 번졌으리

바지니슴, 내 사랑의 방

텅 빈 공간에서, 그간 내가 윤색해온 사랑의 이야기들 되
짚으면
내 사랑하는 붉은 방은 햇빛마저 서글픈 내가 되기도 한다
방은 어둑하고
창문 붉은 그 색에 내가 잠겨드는 방
중국 별점의 자미두수집이거나 투덕투덕 화투 칠 것 같은
이불 한 채의 방
헙수룩한 경대 위엔 오래된 TV와 재떨이가 놓이고, 머리
맡 자리끼의 냉수 냄새가 사는 방
방바닥에 나를 눕힌 공허가 머리끝까지 텅, 텅, 울려주
는 방
비로소 부재가 생겨나는 방
내게 서식한 그의 부재가 영역을 넓히는 방
눈감아도 핏대에 몸에 감아 도는 붉은 방
널 잊으리라 맹세한 하루를 못 견뎌 저 혼자 밀애중인 방
창백한 입술이 뒤섞이고 붉어지며 그 색이 고인 눈물에게
로 옮아가서 그토록 외로운 숨결 같음이, 병적인, 비극적인,
혈육 같은, 누가 날염하며 날 소멸하게 휘젓는 방

방 속에 있는 방
물 속에 있는 물
내 속을 적실 나

마음 다쳐 닫힌 몸엔 언제 푸른 들창 열리려나
　달방 주인을 사칭해 숙박료를 받으러 오는 월주기
　높게 뜬 자미성과 북두칠성, 움싹 돋듯 크는 달, 구름 두
어 점까지
　모두 사라진다

　방안에 가만히만 있어도 발생하는 부재들
　항시 그의 사랑을 엄두내지 못한 마음자린 그리 생겨야
한다는 듯이
　어쩌려나, 몸을 둘둘 만 이불과 살아보고 싶었던 자리만
살아
　깊고도 규칙적인 숨소리로 잠들지 못하는 방
　매번 봐도 제일 많이 나다운 사방

사랑의 근원

마른 땅, 마감하는 비 내린다

꼬리뼈를 흘러 작열감으로 부서지고
방울방울 쏟던 것이 마른 개집 위에 흥건히 젖어든다
이젠 유적이 된 내 어미의 집
세상은 잠 속에서라도
녹슨 사슬 글러멘 틈서리로 빗방울 스미게 하고
당신을 한껏 꽃멍울 부풀게 품는다
태몽으로 나를 품던 자가 화원으로 가기까지 놓지 아니
하였나니
꿈은 어미의 젖무덤에 도드라진 파꽃 한 단 올려주고
물기 머금은 이끼로 실팍한 가랑이 덮어주나보다

폐경을 더듬고 길찬 숲길 우거져 나오시게
악몽을 꾸고 나면 대수롭잖은 해몽으로 넘겨주던
이젠 엄마의 맘으로 내가 이르노니
예루살렘 여자들아, 내가 노루와 들사슴으로 너희에게 부
탁한다 사랑하는 자가 원하기 전에는 흔들지 말고 깨우지
말지니라*

내 어미, 살풋잠에서 깨어 아래께가 가렵다 가렵다 한다

* 아가서 3장 5절.

122

몽염

똑…똑…… 들어와. 어디 갔다 온 거니. 희미한 의식을 붙잡고 말이 흘러나와요. 이즈음이던가요. 물고기의 구애처럼 저흰 벙긋거렸을 겁니다. 아, 가까이 돌 듯 돌 듯. 물의 외곽 벌려 서로를 꿈꾸는 듯이요. 물가에 갈 수 없는 가을장마 그맘때면 이별은 당도합니다. 온데간데없는 당신은 맨 처음 어떤 말로 왔던가요. 칠칠일 중음 지나 황천객은 딴 몸으로 산다더라. 날이 날마다 당신 말이 귀에 끓어요. 당신 못지않게 뜨거웠던 전 이염(耳炎)입니다. 산송장입니다. 생각건대, 제 몸 태운 한 덩이 마음만 남아 꿈 쪽으로 바싹 디민 채물가를 헤맨 겁니다. 그치는 절 버리고 치뺀 겁니다만, 사랑도 삶의 일이어서 그럴 수 있는 겁니다. 전 지금 병치레입니다. 칠흑입니다. 그래도 바랭이풀처럼 한 바퀴 휘돈 상념은 또 수면(睡眠)에 휩쓸려갈 겁니다. 그러나 발병이더라도, 어제는 잊음이 돌아와주었음 합니다. 꿈에,

심장을 에고 후줄근히 절 적셨다 한들 당신과 당신을 감싼 물소릴 제가 가져올 방법은 없기 때문입니다.

자는 둥 마는 둥 의식 사이로 물은 마냥 새버리고 머리털은 잠자지 않아 부수수합니다.

123

눈 온 뒤

1
기침은 간헐적으로 시작되는가
몇 번의 쿨룩임 끝에 멎는 숨, 그건 자체로 인생의 공백
기였다

그해 내가 내디딘 육교는 너였다
생각을 하다 헛디딘 발이 푹 빠진다
완벽한 벼랑, 발뒤꿈치라는 발걸음의 자취로 걸으리라 뽀
독, 뽀독.
발아래로 전단지가 날린다 〈파격세일 야채 청과 취청오
이〉〈목돈 필요하신 분〉 깨알 같은 활자의 생활이라곤 헤드
라인인 양 간단해지고 싶다
손아귀를 벗어난 멜라민 식기가 경쾌한 소리로 구른다 노
목에게로 가 멎는다
나락
떨어진다는 것 무성한 잎은 성기어지고 추위에 내맡겨진다

며칠째 육교 아래 여자의 손에서 채도라지는 눈처럼 깎
여 날리고 있다
삶의 무게는 나한테 한 수 배우라는 듯이 눈 아닌 흰 것들
이 발등에 수북하다 쌓인다

2

눈을 떠

잠 깨인 아이가 엄마를 찾듯 너의 안부를 묻는다 그러다

고쳐 말한다 비록 내가 바라는 것과는 조금 다를 지라도,
살아낸다

끝내 도시로 불어와 알 수 없는 내 속에 진주한, 무형의
바람이여 계속 놓치고 있는 그건 사랑이었을까? 나는 내 욕
망? 클리셰의 재탕? 삼탕? 질리게 입맞추고 있는 내 그림
자놀이?

호, 창에 하고많은 말 중 절룩거리는 단어를 생각해내 적
는다

하찮아지는 데서 기인하는 우울의 정서

파들대던 시옷이 물방울에 뒤섞였다 흐느낌처럼 지워진다

글씨에도 무게가 있단 말인가

슬픔을 예보하는 방울. 방울.

동그라미가 길게 그렁거리며 ㅅ을 지워버린다

ㅇㅏ 랑

정수리까지 허옇게 벗어진 알몸 같다

까탈스럽게 해명 불가능한 단어다

엊그제는, 너를 기다리다 엉덩짝까지 얼어 턱을 덜덜 떨
었다

육교 층계에서 한 볼때기만큼의 눈을 털고 일어나니 앉은

＿ 자리가 허전하였다
　　눈 뗀 겨울 가로수 그늘도 수척해졌다

　　3
　　너 없는 세계를 견디기 위해 마음을 드러내고 눕는다
　　소등 후 반건조 돔처럼 제 속을 가르고
　　연말연시는 검은 선을 주조로 한 어둡고 대담한 화면 처리
가 필요할 것이다 창밖에서 누가 눈인사를 한다 간신히 빛
을 내밀어 보이는 하늘, 잔광을 덮친 새가 날아간다

　　간혹 시간의 순행적 흐름에서 돌출되는 생이 있다
　　순탄치 않은 인생의 역정(歷程)을 완성하려는가 불현 뜨
겁고 정밀하게 찌르는 빛, 너다
　　일순 눈동자가 뒷걸음질친다
　　사방이 막막하다

　　4
　　몸피와는 상관없이 생은 모두 야윈 몸이다
　　누가 소켓을 꽂아 열을 달구나 썩을! 어깰 껴안은 팔을 들
썩일 때마다 쫄딱 젖은 옷뭉치 같다 삭신을 쓰지 못하고 눕
는 난, 생의 전량이 매달린, 고열의 열망 덩어리… 이 겨울
엔, 별고 없이 무사하여 미안할 뻔하였다
　　희석한 표백제에 담가 나들나들해졌음 한다

행여 누구에게도 짐 지움 없이 가볍고 싶다

생고생일 뿐이야, 읊조리며 거품을 걷어낸 약탕기를 중약 불로 뭉근하게 끓인다

한때의 쉼과
식혀짐과
상념이 지나가는 탓에
뒤늦은 잔설이 새를 쫓아 떨어진다 맹목적으로
가
벼
이
이 순간이 아니면 결코 찾아질 리 없는 장소라는 고유명사?
이웃 야트막한 두어 집지붕이 보인다
아무리 애써봐도 백밀가루 날리는 계절이다
긴히 할말이 있다는 듯 누가 겨울 안부를 묻고 돌아간다 지붕에 잇자욱을 낸 눈이다 속니 하얗게 따라 웃고 싶다, 말하려다 몸 안쪽으로 싸륵싸륵 쓸어담으면
손끝에서부터 수차례
풀싹 돋아나듯이 적히는 글씨
쓰다보면 뭔가 알게 되지 않을까… 지붕 끝부럼 띈 색은 저리 하얗나

그러고 보니 강설기였다 그끄제도 그제도
사랑. 닫아건 창문에 하다 말 말을 남발하고

내 지상에선 한갓 눈물자국으로 남는다 해도 새는 날아
간 것이다
눈 둘 곳 없던 생활이 얼마쯤은 제 행동의 범주를 먼저 넘
어간 것이다

등꽃이 필 때

목욕탕 안 노파 둘이 서로의 머리에 염색을 해준다
술이 닳은 칫솔로 약을 묻힐 때 백발이 윤기로 물들어간다
모락모락 머릿속에서 훈김 오르고 굽은 등허리가 뽀얀 유
리알처럼
맺힌 물방울 툭툭 떨군다 허옇게 세어가는 등꽃의
성긴 줄기 끝, 지상의 모든 꽃잎
귀밑머리처럼 붉어진다
염색을 끝내고 졸음에 겨운 노파는 환한 등꽃 내걸고 어
디까지 가나
헤싱헤싱한 꽃잎 머리 올처럼 넘실대면 새물내가 몸에 배
어 코끝 아릿한 곳
어느새 자욱한 생을 건넜던가 아랫도리까지 겯고 내려가
는 등걸 밑
등꽃이 후드득, 핀다

내가 본 적 없는 풍경

춘한입니다 이른 봄추위 생각에 잠깁니다 추위에도 군상처럼 지나가는 문장들을 느낄 수 있어요 가끔 다 귀찮아 온갖 말 속에 무릎을 꿇어 엎드렸다 일어나요 나 는 지 쳤 다 읊을라치면 얼마나 공소하고 기막힌 노릇인지 내 고향인 양 향수마저 느껴지죠 잘 가라 내 사랑도. 소리쳐 말하니 일상의 지겨움마저 사로잡힌 듯하여 우습게 내일 번복도 말하렵니다 내가 어쩌할 수 없는 사랑이란 오늘만큼은 철저하게 사라진 그런 전언이니 무심한 척 제법 농담도 지껄이면서, 잘 가라

마른 빵을 와작 씹으며 자주 무미건조할 겁니다 저는. 휴일 열시 무렵 뎅그렁뎅그렁 가슴엔 극비리로 교회 종이 울고 가슴 끝은 미소한 용기가 되어 속엣말을 하늘로 밀어올릴 테죠 부디 잘 가라, 내 사랑이여

오늘은 봄바람이 교각을 들이박으며 불어제칩니다 저는 봄에 때맞추어 무너졌으니 희뿌연 대기가 되어서라도 저 부르지 마십시오 누구나 제 이별에선 늦장 부려 왕창 무너지게 마련이지만 함께가 아니라면 죽을 수 있을 것도 같습니다 더는 외롭지 않도록 하는 현상 유지는 힘듭니다 부탁이고, 그리고 봄철에 꼬불꼬불 길 헤매며 오래도록 나가 계시지 마십시오 큰 사건으로 보입니다 계속하여 비오지 않는 날씨라 가물었을 겁니다

이만 총총 올립니다 어느덧 몇 가지 헛것의 답변을 씁니다만, 아시다시피, 당신은 내가 전혀 본 적 없는 풍경의 기

억입니다 건강, 하시어요 그 무엇도 당신을 힘들게 할 수 없 ─
다는 사실을 기억으로 남겨주길 바라며

─

미귀(未歸)

길 잃은 빈객, 종국에는 운치도 없이 쪽잠 흔들린 듯싶습니다
늘상 익숙하지 않습니까 나뉘어라 사계절아

마늘밭에겐 지금이 겨울 유형지. 하얀 씨마늘 먼 말단
괴사에 든 꿈쩍 않는 밤 여정입니까
애써 외면하는 당신들의 시간입니까
피잉― 공기 열어 가르며 휘파람 날리는 열차
휘영청이 높은 애정 때문에 상공의 바람은요
차창에 물기 뱁니다 지나― 그 비(秘)에, 마음, 그 풍경에
탐조등처럼 쑤시는 빛다발
심장 소리 파헤친 듯 빛다발의 울림입니다 꽝. 꽝. 꽝. 꽝.
철제선로 놓이고 자갈을 쳐 한 삽 끼얹고 화― 그일 가등
으로 세워놓고 생각에 잠겼다 살갖으로 유리 닦으면
빛 멎고 못내 잊은 것 크나이다
한달음 시각을 추월한 별빛
추수 모르는 빈 대궁을 수수꽃 훑은 여인네 잔영으로 나
그때 모른다는 위증으로
여즉 떠나보내지 아니한 것 아니지만 분명코 너른 땅 내
린 그해 눈 때문입니다

풀린 시간의 낙차여
나긋한 손길로 편물 편 여자가 연착 없는 밤 내 모습에 맞

아 순환선 무늬가 삼등칸에서 완성되고 싶은 밤 보게 될 것 —
같으다
　부산한 도시에도 날아, 밝아라
　염려 마라, 나 늦어도 목적지 닿을 즈음 누대의 뿌리 곡식
단 거두는 대지에
　눈사태 나던 마음 멎을 것이다 결국
　제 것에 대해 들으려거든 지금은 여름밤이 황도를 통과
할 무렵
　무정한 흰빛에 대하여서만

사랑을 향한 변론

랭보는 사랑은 재발명되어야 한다 했지만 재발명될 수 없는 것에 사랑이 있다, 라는 것도 이즈음 절실히 느낀다. 사람보다 자연이, 의미 없었던 잡풀이, 철 이르게 익은 과일, 물, 돌이 더 나를 꿰찌를 때가 있다. 이런 일들은 애초부터 늘 있어 오지 않았던가. 변하지 않는 불문율. 자연의 말. 물의 아가미. 돌의 이빨. 비유로 이루어진 진짜 세계의 불구덩이 경험.

돌! 차갑게 그로부터 뱉어져 낙하한다. 동작이 하도 빨라 말은 미세근육처럼 떨리고 공기 그 미묘한 파장이 진한 돌의 배색을 행위로 몰아간다. 불꽃을 향한 곤두박이. 멈출 수가 없는 힘으로 굳은 대지를 향한 속도. 내부순환도로. 오직 상대적인 속도의 돌이 굴러간다. 뱅글뱅글 돌며 과거의 환부를 파고들듯 의미가 확장된다.

이맘때쯤? 그가 언제 나와 함께였지. 그랬던 적이 있었던가.

액면 그대로의 공간을 넘어 돌이 굴러간다. 현명하게도 그 자체로의 자기 순응력. 돌은 이제 그 자신으로부터 멀어져 누구에게도 속하지 않는다. 나는 공연스레 마음이 바빠져 조금이나마 돌을 따라잡으려 매달리지만 헛되다. 주야를 가리지 않고 솔직한 그 자신 외엔 아무것도 아닌 돌을 한 치도 쫓아갈 수 없다는 각성상태가 지속될 뿐이다.

　고개를 쳐들고 선 각광받는 완벽한 자체. 으그러지지도
않는 다이아몬드 결정체인가. 돌은 초월되는 전부. 그리고
이젠 그 돌이 나까지 가지려고 한다. 치명적인 돌은 나에
게 환상을 요구하기도 한다. 사랑의 논리로서. **Love**. 빈 문
간 앞에 앉아 있는 나는, 언제든 자연물과 떠날 채비를 갖
추고 있다.

해설   —

화양연화, 그녀가 떠날 때

김영희(문학평론가)

137

1. 죽은 사랑에 대한 조가

몽환적인 보라색 하늘에 침대가 하나 놓여 있다. 한 여자가 잠들어 있고 그녀의 사주식(四柱式) 침대 위쪽에는 전선과 폭약을 휘감은 해골이 라벤더 꽃다발을 안은 채 누워 있다. 그녀와 해골은 위아래로 수평을 이루고 누워 있는데, 아마도 독한 연애의 꿈을 꾸고 있을 그녀에게 해골은 '죽음과도 같은' 연인이며 분신이다. 이는 프리다 칼로의 〈꿈〉(1940)에 대한 묘사인데 여기에는 죽은 사랑에 대한 뜨겁고 섬뜩한 시선이 매설되어 있다. 김윤이의 시집을 읽고 프리다 칼로의 그림을 떠올린 건 우연이 아니었다.

상처에 근거해서 볼 때 (애무를 받을 때를 제외하고는) 연인에게는 살갗이 없다. 롤랑 바르트는 『사랑의 단상』에서 "사랑에 관한 한, 우리는 깃털이 달린 사람이 아닌 살갗이 벗겨진 사람"이라고 썼다. 살갗이 없는 그들은 지극히 민감한 육체를 지녔으며 그만큼 지독하게 상처와 아픔을 감각한다. 그러니 〈꿈〉에서 프리다의 옷 위에 그려진 라벤더 꽃잎은 실은 "상처로 주변에 튄 핏자국"(「비자흔」)이며 해골이 들고 있는 꽃다발은 그녀가 천만번 얼렸다 깨부수기를 반복했던 내면의 "빙화"(氷花)(「설화」)라고 해야 한다.

    흩날리는 흰 선에 몸 묶여온 내게, 보다 진눈깨비인
    특히나 희어지려 사랑의 백문을 묻는 날

본 척 않고 외마디대답 않는 눈이여

돌아올 수 없는 일별로, 아무렇게나 헝클어진 시야와
옷매무시

이틀 허기가 져 살얼음 낀 정경에서 굴정과 내가 났네

나 혼자 헤쳐나오지 못해 어느덧 유리에서의 갇혀짐, 이
빛의 술렁임, 그리하여 열에 떠 펄얼펄펄펄————

예나 이제나 강단 없이 더 얼마를 추워 떨려

내가 가진 숨마저 너 있는 겨울로 들어가버리겠네

자신의 윤곽을 무너뜨리며

서로의 살 속으로 파고들어가

　　　　　　　　　—「사랑에 대한 변론—연인」 부분

『독한 연애』의 그녀는 '죽은 사랑'의 넝마주이다. 죽은 사
랑이란 비단 이별을 의미한다기보다는 좀더 경험적이고 근
원적인 차원에서 사랑은 죽음과도 같은 것이란 의미에 가깝
다. 그녀는 일별한 사랑이 남겨놓은 몸의 감각과 기억과 무
의식의 조각들을 모아 사랑에 대한 변론을 시작한다. 여기
서 변론이라 함은 죽은 사랑의 시비(是非)와는 무관하며 특
정한 대상과 사건에 들러붙어 있는 감정을 뜨겁고 진지하게
진술하는 형식이라 볼 수 있다

'차가운' 눈이 연인의 '뜨거운' 몸에 닿았을 때 그 차이가
유발하는 감각은 매혹적이었다. 연인을 감싸는 겨울의 안온
한 빛과 설향(雪香), 그들은 지금 "미치광이 눈발들"이 되

어 그녀 앞에 날린다. "멸하여지는 눈"은 죽은 사랑이자 부재하는 연인의 비유로서 그녀의 몸을 묶고 있다. 차가운 눈과 뜨거운 몸은 오히려 차이의 질감을 지독하게 드러내며 그녀의 몸은 내내 "펄얼펄펄펄" 신열에 떤다. 그럼에도 자신의 존재 형식을 무너뜨려 가장 마지막 것("숨")으로 연인이 있는 추위와 신열 속으로 들어가 멸하는 눈 속에 갇힌다 ("내가 가진 숨마저 너 있는 겨울로 들어가버리겠네"). 하지만 『독한 연애』 속에는 이 같은 자신을 바라보는 또다른 그녀의 존재가 엄연하다. "죽은 사랑에 대한 조가"(「왈츠 추는」)는 바로 '다른 그녀'의 입에서 흘러나온다.

> 새가 아길 물고 온다는 이야기가 반복될 거야
> 금족령 내린 계절에선 만상이 놓여날 수가 없는 거야
> 봄빛으로부터 눈길 거둘 때까지
> 초록빛 깨뜨려 초록빛 원소
>
> ─「스란」 부분

진행중인 사랑은 언제든 종결될 수 있지만, 충분히 애도되지 못하고 죽은 사랑은 좀처럼 종결되지 않는다. 지상의 모든 "돌덩이 깨뜨려 떼놓아도 돌멩이/ 돌멩이 깨뜨려 떼놓아도 조약돌"이라고 썼다. 아무리 깨뜨리고 떼놓아도 형상을 달리할 뿐 그 자체로서의 돌의 속성은 사라지지 않는다. 사랑의 만상은 (부재하는 이가 아닌 남아 있는 이에게) 회귀

하는 것이니, 죽은 사랑의 시간에선 떠난 이에 대해 남겨진 이가 항상 진다. "초록빛 깨뜨려 초록빛 원소"이므로 이 또한 놓여날 수 없는 초록이 역력하다. 계절은 금사자수를 수놓은 듯 빛나지만 그녀의 내부에선 "한 마리 육식성 동물째 발작하며"(「사랑」) 싸늘하게 불탄다. 애당초 사랑의(이별의) 완성을 위해서 우주적인 시간의 인내가 필요했다면 기꺼이 "날 완벽하게 녹여내 사십육억 년 전 맨 처음 암석 덩이를 형성했을 터"(「양초의 기원」)라고 고백했던 바이니, 그 기다림의 시간만큼 죽은 사랑에 대한 애도의 노래는 길다.

2. 루시의 고독한 해피데이

『독한 연애』에 새겨져 있는 비참의 일면은 연인이 공유했던 사적이고 내밀한 스토리가 "나 하나뿐인 이야기"로 완료되어야 한다는 사실에 있다. '너'의 부재와 개인적 고독은 김윤이 시의 기원이며 주제이다. 시의 배면에서 희미하게 떠오르는 자궁과 유산의 이미지는 그녀가 겪는 부재와 죽음과 고독의 밀도를 여실하게 보여준다. 그러니 김윤이의 시에서 합일의 기억으로 미만한 부재의 감각은 일종의 '사투(死鬪)'에 가깝다. 죽은 사랑이 '죽음의 실감'으로 경험될 때, 부재와 고독은 감상적 슬픔의 차원이 아닌 모종의 공포의 대상으로 다가온다. 개인적 고독이 곧 그녀의 정체성이

── 므로 그녀의 기원은 바로 루시다.

　　그래, 오늘은 내가 루시다
　　오늘도 과거가 되살아나서 그렇다, 라 생각한다면 얼른
　　박물관으로 달려가 당신이 광적인 숭배물의 위치에서
　　당당하시도록
　　오, 한껏 눈물 나올 정도로 해피 데이!
　　　　　　　　　　　　　　　　　─「루시와 나의 성(性)」부분

　　인류의 기원으로 일컬어지는 루시는 여성이다. 화석으로
발견되기 전까지 350만 년을 에티오피아 사막에 홀로 누워
있었다. 루시라는 이름은 발굴 당시 조사대 캠프에서 흘렀
던 비틀즈의 노래에서 따왔다 한다. 시인이 루시에게서 공
유하는 정서는 도마뱀이 기어가고 가시에 찔려가며 보냈을
시간이 축적한 수백만 년 동안의 고독이다. "나와 관련된 얘
긴 쓰지 마", 이별의 담론이 순식간에 나만의 이야기로 전환
될 때 내면의 루시가 눈을 뜬다. 망각되지 않은 것들이 층층
이 되살아오고 그녀의 고독은 원시의 과거가 매설하고 있는
루시의 고독과 겹쳐진다.
　　이때 "루시와 나의 성(性)"은 여성이 원시의 시간을 횡단
하여 공유하는 고독이라는 정체성이다. 그들의 고독은 연
애와 출산과 생활의 시간 속에서 발휘되는 여성 특유의 생
명력과 얼마간 겹쳐지기도 한다. 그럼에도 불구하고 "루시

와 나의 성(性)"이 모종의 여성성의 연대를 기획하고 있다
면 그것은 여성의 활력보다는 부재와 고독의 차원에 가깝
다. 그리하여 여성이라는 존재의 역사, 달리 말해 고독한 생
명의 역사는 이렇게 요약된다. "오, 한껏 눈물 나올 정도로
해피 데이!"

　딱 하나 꼽아서, 별이 휠 때 반짝반짝 얼굴 씻어오던 애
인 때문이라고는 절대 말하지 않았다. 그러니, 이 퍼내도
퍼내도 범람하는 거짓말의 형상이란. 거짓말이 형편없어
졌지만 피노키오처럼 심각한 망상허언증이다. 비아냥 마
라. 제 말에 갇혀봐라.
　　　　　　　　　　　　　　　　　　—「자화상」부분

　'너'의 목소리는 부재하고 '나'의 말을 들어주는 이는 없지
만 그녀는 끊임없이 발화하는데, 여기에는 모종의 아이러니
가 있다. 떠나간 '너'는 엄연히 이곳에 부재하지만, 이별의
담론 속에서, '너'는 대화 상대로서, 묘사 대상으로서 엄연히
이곳에 현존하기 때문이다. 그녀가 그에게 혹은 그에 대해
말하고 있는 한, 그 담화의 시간 속에서 그는 여전히 이곳에
있다. 하지만 이 같은 시간은 그녀에게 '고유한 불행'이 되기
도 하는데, 죽은 사랑에 대한 기억은 곧 살갗이 벗겨진 피부
를 맨손으로 만지는 과정에 다름아니기 때문이다.
　『독한 연애』에서 연인의 말은 망상에 빠진 허언이거나 소

통하지 못하고 어긋나는 말인 경우가 많다. 그것은 피노키오의 말이고 바벨의 언어다. 그리고 다변(多辯)이다. 지독한 말을 소재로, 범람하는 말을 통해, 그녀는 "자신만의 연극무대"(『사랑의 단상』)를 만들어낸다. 자신에게 가혹한 말을 뱉음으로써 울고 있는 자신의 모습을 재현하고, 그런 자신의 모습을 바라보며 다시 울기를 반복하는 것이다. 그러나 마치 언어의 열병에라도 걸린 듯, 부재와 고독의 언어를 통해 자신의 상처를 만지는 행위는 다름아닌 죽은 사랑에 대한 애도의 과정이기도 하다.

3. 사랑과 싸우는 몸

불멸의 밤이 지나고 그녀가 부스스한 머리로 약탕기를 끓일 때 창밖에는 여전히 거센 눈발이 날린다. 『독한 연애』에서 익숙하게 상상할 수 있는 이 같은 장면에서 그녀는 내내 아픈 몸이다. "생은 모두 야윈 몸"(「눈 온 뒤」)이라고 했으니 치병과 환후가 곧 살아냄의 본질이다. 병(病)이 곧 생(生)의 비유가 되는 주체에게, 예컨대 '피멍이 든' '찢어지는' 가슴과 같이 훼손된 육체를 형상화한 표현은 고통을 가장 '정확하게' 묘사하는 방식이 된다. 시집 속에 미만한 훼손된 육체의 이미지는 주체가 겪는 정서적 슬픔이 육체로 감각되는 실제적 고통과 밀접하게 연결되어 있음을 말해준다. "생살

을 부위부위 저며 성한 몸 뜯던 날"(「사랑을 둘러보다—세
잎 클로버」)이나 "갈빗대 층층마다에 훼손된 홈"(「식물성
실연(失戀)」)과 같은, 상한 살과 뼈가 드러내는 바는 절대
적인 고독과 슬픔의 심사(心思)이다.

내가 어떻게 내게서 한사코 빠져나가는가
새 체취를 받아안고 와 발아래 한 나흘 꽃 때처럼 물컹
생리혈을 쏟았다
다 흰 캐시밀론 이부자리 한 점 핏자국이 돌아오지 않는
다 하는 생명 같았다
피 묻은 잠옷 벗고 알몸을 파묻자
밤새 젖은 눈동자를 끌고 온 방에서 별것 없다 하여도
새 자식을 낳을 것 같았다

가릉빈가, 예고 없이 그 이름을 알게 된 날부터
다정한 새 오누이인 양 너도 날 불렀다
나 혼자 속으로는 그리 믿는, 헐벗은 외톨이 새가 되어
있었다
　　　　　　　　　　　　　　　　　　—「새의 몸짓」 부분

「새의 몸짓」에서 새는 주로 '떠나다/날아가다' '죽다/숨
죽이다'와 같은 소멸을 뜻하는 동사와 결합한다. 이들은 곧
부재와 죽음의 의미로 요약되는데, 이는 이 시집의 주제와

도 무관하지 않다. 실제로『독한 연애』에서 새(이미지)는 물(이미지)과 함께 가장 빈번하게 등장하는 모티브다. 새가 대체로 부재하는 그를 비유한다면 사람 머리에 새의 몸을 가진 '가릉빈가'는 고유한 외로움의 형상으로서 그녀를 지시한다.

그녀는 눈발이 날리고 또 사라지는 모습에서 새의 몸짓을 떠올렸을 테지만 이는 비단 외면의 유사성에서 기인하는 연상만은 아니다. 그녀는 눈을 "죽은 새"의 눈알에 비유하면서 자신의 가슴에 눈이 쌓여온 것은 "새들이 빈 몸으로 떠났기 때문"이라고 말한다. 여기서 눈과 새는 동일하게 '죽음'의 이미지를 공유하고 있다. 그러므로 그녀가 새의 체취를 안고 돌아왔다는 것은, 새와 눈의 결합이 암시하는 바, 찬 기운과 더불어 죽음의 기운을 동시에 안고 왔다고 할 수 있을 것이다.

그리하여 그녀의 밤은 여전히 아픈 몸의 시간이다. 이러한 밤이면 "내가 어떻게 네게서 한사코 빠져나가는가". 이 문장은 암묵적으로 여성의 출산 모티브를 활용하고 있다. '빠져나간다는 것'은 이어지는 핏자국-생명-알몸의 이미지와 결합하여 종래는 '낳는다'는 의미로 완성된다. 그러나 이 같은 출산의 의미는 이후 "돌아오지 않는다 하는 생명"과 만나면서 순식간에 부재의 이미지로 전환된다. 만약「새의 몸짓」에서 '낳는다'는 의미를 부재가 아닌 생성과 연결시키고자 한다면 우리는 불행히도 가릉빈가의 존

재를 떠올려야만 한다. 그녀는 고독으로 잉태하여 빈 몸에
서 "헐벗은 외톨이 새" 한 마리를 토해내고 있는 것인데,
이는 달리 말해 제 안의 끔찍한 외로움을 해산하고 있는 것
이라 할 수 있다.

칠칠일 중음 지나 황천객은 딴 몸으로 산다더라. 날이
날마다 당신 말이 귀에 끓어요. 당신 못지않게 뜨거웠던
전 이염(耳炎)입니다.
—「몽염」 부분

순탄치 않은 인생의 역정(歷程)을 완성하려는가 불현
뜨겁고 정밀하게 찌르는 빛, 너다
일순 눈동자가 뒷걸음질친다
—「눈 온 뒤」 부분

아픈 몸이 부재에서 기인하는 것임을 우리는 경험적으로
알고 있다. '너'가 없는 세계에서 야윈 몸은 연이어 몽염이
고 고열이니, 이즈음 그녀는 자다가 가위에 눌리고 삭신을
쓰기 어려운 시간을 반복적으로 산다. 너의 말이 뜨겁게 귀
에 끓었을 때, 너라는 빛이 정밀하게 눈을 쩔렀을 때, '나'의
귀는 이염(耳炎)을 앓고, '나'의 눈은 시야를 잃는다. 이럴
때면 야윈 몸은 '나'의 몸으로 있는 것인지 '다른' 몸으로 있
는 것인지 의식이 무너지고 몸은 상한다.

147

앞서 언급한 프리다의 회화 중에 〈추억〉(1937)이라는 작품이 있다. 사랑의 고통을 표현한 그 그림에서 프리다의 가슴은 훵하게 뚫려 있고, 몸에서 찢어진 심장은 그녀의 발아래 놓여 있다. 비현실적으로 비대한 심장에선 시간과 공간의 경계를 넘어 피가 철철 흐르고 있다. 『독한 연애』에도 '심장을 에다'(「몽염」)라는 표현이 나오는데 이는 그녀가 자신의 심장을 도려내도 당신을 되돌릴 수 없다는 의미를 담고 있다. 야윈 몸의 심장이 흘리는 눈물을 상상할 수 있겠는가. 김윤이의 시에서 훼손된 육체는 곧 정서적 상처의 깊이를 가늠케 하는 것이나, 시의 주체가 겪는 아픈 몸의 실재는 단순히 언어적 차원의 비유가 아니라 시인의 실제적인 아픔의 감각에 기반하고 있음을 짐작하게 한다.

4. 이브의 성(性), 이별의 관능

『독한 연애』에서 '몸'에 대해 말할 때 아픈 몸과 함께 여성(성)의 몸을 빼놓을 수 없다. 아픈 몸은 시인이 의식적으로 구성한 몸이라기보다는 슬픔이 무의식적인 차원에서 발현되어 나온 사후적인 장치라면, 여성(성)의 몸은 사랑의 비참과 환희를 몸으로 기억하고 발화함으로써 죽은 사랑을 애도하기 위해 의식적으로 구현된 장치에 가깝다. 여성의 몸과 성에 대한 천착은 이 시집의 고유성을 증언하는 중요한 요소

인데, 그도 그럴 것이 독한 '연애'와 죽은 '사랑'의 노래에서
성애의 순간과 기억을 제외할 수는 없을 것이다. 그녀가 "완
전한 합일"(「네펜테스믹스타」)과 부재에 대한 조가(弔歌)를
부를 때, 그것은 정신이 아닌 몸의 일치에 관한 기억에 가까
우며, 이는 무엇보다 체화된 기억, 몸의 기억이다.

  내가 링반데룽이다 내 갈망. 내 혼돈. 초조. 원초가 잠
  식한 몸종
  송두리째 내부적 탄성에 허룽거린다

  순진한…처녀성을…꾐…에…빠…뜨려…경악계…하고
  싶…다
  사랑이라는 행위로 분리되는 시간의 쪼가리
  살고 싶은 한순간이 안으로 도래한다 우우 시간성아,
  뭇처녀들이 살다간 수 세기 전야처럼 허물어져라
                                    ―「Eve」 부분

「Eve」는 여성의 몸이 경험하는 혼돈과 공포, 신비와 환희
의 노래, 이른바 '비명'의 시이다. 여성의 몸이 느끼는 고유
한 통증과 성애의 감각, 특히 첫 경험의 '심리'와 '실감'이
비명의 리듬과 목소리 속에 고스란히 담겨 있다. 「Eve」에서
첫 경험의 심리는 대상에 대한 갈망, 초조함과 두려움, 혼
돈의 시간으로서 강렬하게 묘사된다. 이들을 아울러 첫 경

험의 '링반데룽'이라고 상징적으로 표현할 수 있을 것 같은데, 여기에는 자신이 거주해온 이브의 성(城)을 벗어난 그녀(들)가 느끼는 원초적인 흥분과 두려움이 내장되어 있다. 하지만 동시에 「Eve」에는 첫 경험의 '실감'이 "놀라우리만치 능한 관능"의 언어로 서술되어 있다. 일상을 벗어나 원시의 시간에까지 치달아 있는 절정의 감각은 원초적이고("원초가 잠식한 몸종") 본능적인("본능을 메우는 자세")인 행위로서 묘사된다.

특이한 점은 시의 주체가 이를 시간이 분리되는 경험으로 인지한다는 것이다. 첫 섹스의 경험을 통해 여성의 '성(性)'의 고유한 '성(城)'이 허물어지면서 주체의 시간은 다른 시간으로 '월경(越境)'한다. 그 월경의 경험을 통해 그녀는 원시의 시간, 곧 이브의 성(性)을 떠올리는데, 그것은 이른바 개인의 사적이고 내밀한 행위를 여성의 몸과 성에 대한 보편적이고 기원적인 사유로 확장하는 일이기도 하다. 그리하여 그녀는 섹스의 행위를 "태곳적 몸짓"에 비유하며 이브의 성을 통해 모계의 내력을 추인한다.

그러므로 이후 그녀의 언어가 여성의 핏물과 "생명의 극점"으로 이어지는 것은 자연스럽다. 그녀는 태곳적 몸짓을 통해 다른 차원의 생명의 장소, '자궁(子宮)'을 완성하는 것이다. 이를 하나의 시간과 영토로서의 '처녀성'을 무너뜨려 다른 시간과 영토로서의 '자궁'을 생성하는 모계의 신비로 이해할 수 있을 것이다. 이 같은 사유는 특정한 여성주의적

시각이라기보다는 여성의 몸에 대한 시인의 본래적인 감각에 가깝다.

　　그를 압축해 보여주는 그이 가슴은 일렁이는 조개껍데기, 돌, 푸른 산호초여서
　　그때 머문 바다, 눈감아 주형 뜨면 일 밀리미터 오차도 없이 내게 찾아드는 그였네
　　티 없이 깨끗한 물살이 나를 누이고 희고 맑은 조가비를 쓸고 왔네
　　깔끄러운 모래알갱이만큼 통겨대는 심장박동
　　내 심장이 빨리 뛰는 통에 모래 위 물고기 교제와 같이 화르르 숨 아찔하였네
　　　　　　　　　　　　　　　—「바다행 주형을 뜨다」부분

　여성의 몸에 대한 사유는 여자의 생, 여성(성)의 연대 차원으로 그 범위를 확장해가기도 하지만 이브의 성과 관능의 언어는 주로 이별의 정황과 결부되어 대칭적으로 배치된다. 관능의 순간은 그 자체로 독립적이고 절대적인 의미를 가진다기보다는 부재의 상태를 더욱 선명하게 해주는 코드로 작동한다. 그리하여『독한 연애』의 몸과 성의 언어는 결국 '이별의 관능'이라고 부를 수 있다.
　위의 시에서 그녀는 바다를 제 몸 앞에 두고 서서 "그때 머문 바다"의 주형을 뜬다. 그의 부재가 두 바다의 운명을 가

른 것일까. 그녀가 서 있는 바다는 석양과 석영, 해조음과 하
프시코드 음계 등, 이별을 수놓은 '빛'과 '음'의 고혹으로 '따
갑다'. 파도의 리듬이 여자의 몸속에 실리고, '따갑다'는 말
은 피부에 가닿기 전에 심장이 먼저 감각한다. 그에 반하여
주형 뜬 바다는 흰 물살이 맑은 조가비를 쓸고 와 그녀의 살
에 닿는 곳, 관능의 몸짓이며 살과 심장의 리듬으로 아득한
바다이다. 모래 위에서 이루어지는 두 몸의 교제는 바다를
향해 아찔한 숨을 내뱉기도 할 것이다. 그러니 그녀의 "바다
행"에는 두 개의 시간이 중첩되어 있고, 그 바다에는 두 명
의 그녀가 머물러 있다.

　『독한 연애』에서 가장 관능적인 언어는 가장 지독한 이별
의 사건 속에서 생성된다. 예컨대 절체절명의 상사(相思)를
앓는 몸은 "매니큐어 칠한 손톱으로 피어올라 떠있었네 *까
르르르/ 아하하* 서기 어린 빛이 났었네"(「상사」)에서처럼,
마치 마녀의 유희인 듯, 비명을 지르며 사랑에 몰입하던 몸
의 기억을 지니고 있다. 그러므로 이별의 관능이라고 말했
을 때, 관능의 몸은 곧 아픈 몸이 지닌 '기억'에 가깝다. "*까
르르르르* 나야 귀까지 먹었습니다만", 마녀의 목소리는 날
카롭고 경쾌하게 울리는 듯하지만 그녀의 몸은 이미 "죽은
사지"로 사는 몸인 것이다.

5. 환자이자 의사인

그럼에도 불구하고『독한 연애』를 실패한 연애담으로 읽는 것은 오독에 가깝다. 김윤이의 시는 "사랑에 패하는 시절"(「비자흔」)에 대한 몸의 기록이며, 그 기록이 수행하는 '나'라는 텍스트, 달리 말해 '그녀'라는 시적 주체에 대한 뜨겁고 정직한 탐구이다. 다만 기억해야 할 것은 그녀의 존재는 '복수(複數)'라는 사실인데 여기서 복수의 의미는 중의적이다. 외적인 측면에서 보면 그것은『독한 연애』의 거의 모든 시편에 등장하는 여성 화자 '나'는 언뜻 단일한 인물처럼 보이지만 실은 서로 다른 연애와 부재의 시간을 살아가는 '그녀들'이라는 의미이다.

하지만 보다 실제적인 차원에서 복수의 의미는 '나/그녀'가 자신 안의 또다른 시선과 목소리를 감지하여 결국은 자기 욕망의 진실에 이르고자 하는 분열적인 주체라는 것이다. 그녀가 스스로를 향해 "거 누가 있어"(「방(榜), 수영의 텍스트를 읽는 나」)라는 물음을 반복할 때 그 서늘한 존재의 실체는 바로 그녀 내부에 존재하는 이질성, '나와 불화하는 나'이다. 그러므로 도처에서 "성대 잘려 독기 어린 개처럼 펄떡이는"(「개안」) 그것은 '나'를 감시하고 경계하는 초자아의 시선이자 들리지 않으나 실재하는 자아의 비명이다. 김윤이의 시는 '나' 자신을 임상적 텍스트로 삼아 슬픔의 본래성을 확인하고 감당해내는 몸의 의무 기록이다.

편지를 봉했다 나는 오늘 누군가를 죽이기로 했고 그게
나이길 바랐다 악력으로 비틀어지는 해바라기와 나 세상
을 표현하는 데는 모자람이 많았다
　패색 짙은
　태양의 콘트라스트, 나도. 극명한 황홀이었다
　내 가여운 등신들. 해바라기의 푸른 허파. 풀. 풀풀 든
손.

—「왈츠 추는」 부분

　역설적이게도 그녀의 진단명은 자신에 대한 공격성이다.
대상에 대한 분노가 스스로에 대한 공격으로 전환되어 나타
난 것일까. 예컨대 태양이 강렬하게 쏟아지는 해바라기 밭
에서 그녀가 폭력적으로 해바라기를 부러뜨리고 "악력으
로" 비틀어버릴 때 해바라기는 다름아닌 향일성이라는 특
성을 공유하고 있는 그녀 자신에 대한 은유가 된다. "나는
오늘 누군가를 죽이기로 했고 그게 나이길 바랐다". '너'의
독단과 '너'의 불통을 견딜 수 없을 때 '까맣게 파먹힌' 해바
라기 얼굴로 그녀의 살의가 향한 곳은 바로 자신이다.
　이때 그녀의 감정은 사랑이라는 전장에서 느끼는 절대적
인 패배감일는지 모른다. 이 같은 패색은 훼손된 해바라기
의 형상과 몇몇 낙하 이미지들을 통해 더욱 선명하게 드러
난다. 뜨거운 태양과 부러진 빛의 극명한 콘트라스트 또한

패색 짙은 이 공간을 구성하는 요소이다. 그럼에도 불구하고 그녀가 태양빛과 해바라기를 꺾고 짓밟는 상징적인 행위는 자신에 대한 열패감과 공격성의 표출인 동시에 죽은 사랑에 대한 역설적인 애도의 방식이라는 점에서 마치 상처의 파르마콘(pharmakon)처럼 읽히기도 한다.

> 불신의 눈초리 부릅뜬 그것은 내가 아녔네
> 한 치 앞도 내다보지 못하게 자 봐라,
> 궁금하기 짝이 없으니 양보 없이 최후까지 같이할까
> 점막마저 빼내갔음이 틀림없는 원래 제자리라는 셈 없
> 는 삶이
> 짝할 이 없는 나의 짝으로 한시도 놓지 않고 날 넘겨다
> 봤네
>
> ──「피다, 질투의 향기」 부분

날카롭게 피어나는 질투의 광기 또한 연애에서 빠질 수 없는 소재이다. 질투의 현장은 '훔쳐보기'를 통해 확보된다. '나'는 마치 한 마리 새로 분한 듯 몰래 날아가, 짝사랑 당신이 다른 대상과 다정(多情)을 나누는 현장을 목격한다. 그 순간 측은도 광분도 악다구니도 모두 새의 심장이 감당해야 할 몫이 되고, "다 꼴 보기 싫어─── 썅", 새의 몸은 "청산을 먹은 듯" 뼛속까지 떨린다. 그러나 이와 함께, 만약 들켰다면 "병신같이" 부끄러워했을 집착과 훔쳐보기에

대하여 이내 한탄스러운 감정이 몰려오기도 한다. 자신의 행위를 위장하고 있는 순간 나뭇잎을 오물처럼 덮어쓴 새의 꼴을 상상했을지도 모른다. 그러니 그 모습은 "새의 몸에 착지한 나였지 내가 아녔네"라고 부인을 해보는 것이다.

사랑에 몰입할수록 그곳에서 연원하는 '나'에 대한 이질감은 필연적이다. 사랑의 감각과 행위는 자주 '나'를 상실하고 '나'를 부정하는 결과를 초래한다. 마치 본래의 '나'와 모든 교신이 두절되기라도 한 듯 "한없이 멀어진 자신"(「여럿 그리고 하루의 실낙원」)과 마주하곤 하는 것이다. 독버섯처럼 피어난 질투의 현장에서 그녀가 느끼는 진정한 배신은, 한순간 새의 깃털이 모두 뽑히는 듯한 그리하여 자신이 전부 발가벗겨지는 듯한 경험 자체일지도 모른다. 그것은 무엇보다 사랑에 몰입하는 순간 발현되는 존재의 '상투성'에 대한 회의이기도 하다. 그러니 "누가 볼세라" 그녀가 그들을 훔쳐볼 때, 그러한 그녀를 훔쳐보는 다른 시선을, 그녀는 이미 내면화하고 있는 것이다.

사랑에의 몰입은 주체로 하여금 자주 '나 아닌 나'의 실재를 경험하게 한다. 이 순간 사랑의 열패감은 자신에 대한 공격성과 부정과 보호본능의 형태로 표출되기도 하였다. 그러나 김윤이의 시에는 이 같은 증상을 인식하고 진단하는 시선의 존재 혹은 존재의 목소리가 엄연한데, 그런 의미에서 『독한 연애』의 주체는 "환자이자 의사"(「어제의 세계」)라고 말해야 한다.

6. 사랑에 패하는 시절의 화양연화

시인은 한 권의 시집을 통해 자신만의 연극무대를 만든
다. 각 시편마다 다양한 인물이 등장하여 자신의 연극을 펼
쳐 보인다. 한 권의 시집은 이들이 실연(實演)하는 연극뿐
아니라 이들이 나누는 보이지 않는 대화로 엮여 있다. 김윤
이 시의 연극무대는 무엇보다 그녀들의 다변(多辯)으로 가
득하다. 여기서 다변이라는 요소는 매우 중요한데, 이는 그
녀가 상처를 섬세하게 파헤쳐서 슬픔을 감각하고 진단하며
발화하는 주체라는 의미이다. 시인이 구사하는 산문형의 긴
리듬과 서술 형식 또한 이와 무관하지 않을 것이다. 상처 입
은 존재는 자신의 상처를 언어화하는 과정, 바로 슬픔의 능
동적인 발화를 통해 스스로를 치료하는 샤먼이 된다.

가정으로 남의 살을 째고 장기를 파헤쳐 나의 심정을 들
여다보기 때문에 봉합의 고통도 혼자여야 한다는 것 환자
이자 의사인. 나는 나와 동일자인가
　　　　　　　　　　　　　　　　　—「어제의 세계」 부분

「어제의 세계」는 '나'의 훔쳐보기에 관한 시이다. 이른바
남을 해부하여 '나'를 탐구하는 방법이다. 여기에서 '남'이
란 '나'이기도 하고 '너'이기도 한 존재로서의 '남'이다. 이
를테면 그것은 '나'의 바깥, 즉 연극무대 위의 그녀들이며,

동시에 '나'의 내부, 즉 내면의 이질성으로서의 그녀들이다. 그들을 통해 결국 대면하게 되는 것은 '나'의 고유한 욕망이고 진실이다. 이는 '나'가 주체이자 대상이 되어 수행하는 훔쳐보기인데, 사실상 이때의 '나'는 미학적인 자아이기 이전에 시인의 분신에 가깝다.

타인을 가정하여 (혹은 타인으로 분하여) 자신의 심정을 들여다보고 언어화하는 것은 곧 상처를 봉합하는 과정이기도 하다. 주체가 언어에 의존하지 않고서는 자신의 존재를 탐구할 수 없듯이 상처를 충분히 발화하지 않고는 슬픔으로부터 떠날 수 없다고 말해볼 수도 있을 것이다. 죽은 사랑에 대하여, 원시적인 고독에 대하여, 아픈 몸의 심장에서 흐르는 눈물에 대하여, 죽음을 횡단하는 이별의 관능에 대하여 그녀가 부르는 조가(弔歌)가 곧 사랑에 대한 애도의 시이다. 그렇게 이미 가버리고 없는 세계에 대하여 "자꾸 말하니" 그녀의 비자흔(飛刺痕)은 어느덧 희미해진다.

얼핏 들어본 나라는 희미한 활자, 이 역(逆)한, 동일 궤도로 자전하는 지구에, 읽히는 건, 그래도 승리가 아니라 사랑에 패하는 시절
하여 나는 상처를 휘어 두르고 간 그곳의 광휘를 본다

그래 무엇이든 날 데려오라 할말이 없는 남이어도 단 한 번 생명을 오랏줄에 던져 묶여가듯이 끌려가겠다

모조리 소모해버린 청춘
나직한 어느 지상에 붙어 있으이!

마름풀처럼 물빛 위에 드리우는
착란으로 이산(離散)하는 찬란이야……
                              ―「비자흔」부분

  비자흔은 날카롭게 찔려 상처의 주변에 튄 핏자국을 뜻한
다. 가장 뼈아픈 슬픔을 이 글의 마지막 시로 선택하는 데는
처음부터 주저함이 없었다. 「비자흔」은 어떻게 읽어도 사랑
에 패배한 시절에 대한 뼈저린 묘사이다. 이 시절의 텍스트
속에 박힌 '나'라는 활자는 죽은 사랑의 역한 내를 풍긴다.
하지만 가장 지독한 상처에서 끝내 뻗어나오는 것은 사랑의
광휘이고 이별의 찬란이다. 그녀는 '상처'를 휘어 두른 곳
에서 '광휘'를 보고 이산하는 '착란' 속에서 '찬란'을 보았다
한다. 이곳에 또한 '어쩔 수 없는' 슬픔이 미만해 있겠으나,
그럼에도 불구하고 이것이 애도의 시의 마지막 문장이기를
빌었던 것은 그녀였을까, 우리였을까.
  그녀가 부르는 부재의 노래는 떠나간 이가 돌아오기를 기
다리는 것이 아니라 남겨진 이가 떠나갈 것을 예비하는 시
이다. 김윤이의 『독한 연애』는 "빈 문간 앞에 앉아 있는 나
는, 언제든 자연물과 떠날 채비를 갖추고 있다"(「사랑을 향
한 변론」)는 문장으로 끝이 난다. 이 문장의 '숨'을 훼손하

지 않기 위해 지극히 살며시 덧붙여본다면, 이때의 자연물
은 '돌'이며 그것은 다름아닌 '시'의 비유라고 읽어도 좋겠
다. 아픈 몸이 수행하는 죽은 사랑과의 싸움에서 그녀는 이
제 (어쩌면 이미-항상) 떠날 채비를 갖추었다. 한 손에는 돌
을 쥐고 한 손에는 시를 든 채 그녀가 떠날 때, 지금 이 순간
이 바로 그녀의 화양연화이다.

김윤이 1976년 서울에서 태어났다. 서울예대 및 명지대 문예창작학과를 졸업하고 현재 동대학원 박사 과정에 있다. 2007년 조선일보 신춘문예를 통해 등단했다. 시집으로『흑발 소녀의 누드 속에는』이 있다. '시힘' 동인이다.

문학동네시인선 067
독한 연애
ⓒ 김윤이 2015

1판 1쇄 2015년 3월 13일
1판 3쇄 2022년 6월 30일

지은이 | 김윤이
책임편집 | 김민정
편집 | 곽유경 이경록
디자인 | 수류산방(樹流山房) 본문 디자인 | 유현아
마케팅 | 정민호 이숙재 박치우 한민아 김혜연 박지영 안남영 김수현 정경주
브랜딩 | 함유지 함근아 김희숙 안나연 박민재 박진희 정승민
제작 | 강신은 김동욱 임현식
제작처 | 영신사

펴낸곳 | (주)문학동네
펴낸이 | 김소영
출판등록 | 1993년 10월 22일 제2003-000045호
주소 | 10881 경기도 파주시 회동길 210
전자우편 | editor@munhak.com
대표전화 | 031) 955-8888 팩스 | 031) 955-8855
문의전화 | 031) 955-3578(마케팅), 031) 955-2678(편집)
문학동네카페 | http://cafe.naver.com/mhdn
인스타그램 | @munhakdongne 트위터 | @munhakdongne
북클럽문학동네 | http://bookclubmunhak.com

ISBN 978-89-546-3506-6 03810

* 이 책은 서울문화재단 '2013년 예술창작지원—문학'지원사업의 지원을 받아 발간되었
  습니다.
* 이 책의 판권은 지은이와 문학동네에 있습니다. 이 책 내용의 전부 또는 일부를 재사용
  하려면 반드시 양측의 서면 동의를 받아야 합니다.

잘못된 책은 구입하신 서점에서 교환해드립니다.
기타 교환 문의: 031) 955-2661, 3580

www.munhak.com

문학동네